KB118402

힘내는 맛

힘내는 맛

최민우 소설

문학동네

차 례

우주의 먼지

한철이 기억하기로 표정 얘기를 처음 들은 건 설악산에서였다. 1박 2일 내내 거래 회사 직원들을 식당으로 안내하고 맥주와 소주 궤짝을 실어나르던 중 펜션 복도 벽에 기대 잠깐 쉬는데 꼭지까지 취한 거래 회사 상무가 지나가다 한철의 뺨을 톡톡 쳤다.

"박과장 힘든 건 내가 잘 아는데 표정이 너무 뻣뻣하다. 아무리 싫어도 그렇게 티를 내면 안 되지. 영업이 그런 얼굴 해서 쓰겠어?"

자기 방으로 돌아온 한철은 욕실 거울을 보았다. 당연하게도 성실하고 차분한 인상의 남자가 서 있었고, 펜션 벽은 지나치게 얇아서 옆방에서 누군가 엉터리 랩을 하다가 야유를 받는 소리가 다 들렸다.

일주일 뒤 한철은 업무용 경차를 몰고 정기적으로 방문하는 거래처를 찾았다. 논의 끝에 이번 발주까지는 종전대로 진행하되 다음번에 중국산 부품을 쓸지 인도산을 쓸지는 그때 가서 다시 이야기하기로 합의를 봤다. 실향민 출신 사장이 중간에 고집을 좀 부렸지만 한철은 능숙하게 노인네를 어르고 달랬다. 얘기를 마치고 제품 카탈로그를 가방에 집어넣는데 사장이 한철을 빤히 보다가 말했다.

"난 가끔 박과장 버겁더라. 어째 그렇게 늘 표정이 벽처럼 밋밋하나?"

한철은 적당한 대꾸가 생각나지 않아서 눈과 코와 입에 동시에 주름을 만들며 웃었다.

"박한철 하면 살인 미소인데요."

"죽긴 하겠다. 무서워서." 사장이 말했다. "그게 웃는 건가. 쥐어짜는 거지."

회사로 복귀하는 길에 한철은 늦은 점심을 먹으러 백반집으로 들어갔다. 주문한 육개장이 나오기를 기다리면서 물티슈로 얼굴을 닦고 휴대폰으로 어머니 계좌에 용돈을 부쳤다. 동생이 용돈을 제때 보냈는지 궁금했지만 확인해보기가 좀 그랬다. 동생은 결혼한 뒤로 가장의 책임감 때문에 돈 문제에 몹시 예민해졌다며 투덜거리곤 했는데, 특히 새로 시작하는 사업에 필요하다며 한철이 들었던 예금까지 깨게 해서 빌려간 뒤로는 더 그랬다.

한철은 식사를 끝내고 계산대에 있는 이쑤시개를 집어 거울 앞에 섰다. 여전히 성실하고 차분한 인상의 남자가 이빨에 낀 고춧가루를 빼내고 있었다.

당연히 노인네가 몽니를 부린 거다. 제 고집대로 안 됐다고 사람 웃는 얼굴에다 쥐어짠다는 말을 쓰는 게 심술이 아니면 뭔가? 한철을 싫어하는 게 분명한 곽차장도 그 정도로 심한 표현은 쓰지 않았다. 그저 요즘 왜 그렇게 얼굴이 뚱하냐고, 일하기 싫은 거냐고 타박을 줬을 뿐이다.

정신을 차려야 했다. 세월은 쉬지 않는다. 한철은 서른여섯이었고, 부양할 부모가 있었으며, 제조업 분야 영업사원은 마흔 전에 자기 사업을 시작하지 않으면 출구도 퇴로도 없었다. 지적을 받으면 속히 개선해야 했다.

다음날 한철은 공영주차장에 차를 세운 뒤 다이소에 들러 얼굴 마사지에 쓰는 롤러를 샀다. 거래처까지 걸어가던 중 횡단보도 앞에서 속이 불편해졌다. 오전에 방문한 거래처 다섯 곳에서 잇달아 커피믹스를 마신 게 탈이 난 모양이었다.

마침 발견한 주민센터 화장실에 한참 앉아 있다 나왔지만 얹힌 듯 거북한 기분이 가시지 않았다. 한철은 주민센터 입구에 설치된 자판기에서 콜라를 뽑아 단숨에 마시고는 얼굴을 찌푸렸다. 공사중인 건물 앞에서 인부들이 담배를 피우고 있었고, 꽃이 진 자리에 잎이 돋아난 벚나무가 바람에 흔들렸다.

주민센터 알림판에 붙은 포스터가 한철의 눈에 띄었다. 시청의 봄 문화 강좌 안내 포스터로, 풀이 말라붙은 가장자리에 쭈글쭈글한 주름이 작은 산맥처럼 올록볼록 나 있었다. 서예. 에세이 쓰기. 한시와 함께하는 고전 인문학. 도예 체험. 쉽게 배우는 일식 단품 요리.

연극 강좌는 포스터 오른쪽 구석에 소개되어 있었다. 연기를 통해 자신을 자유롭게 표현하는 법을 배우고, 직접 공연을 해봄으로써 무대에 서는 기쁨을 느낄 수 있습니다. 연기자 지망생과 일반인 모두 참여 가능합니다. 6주 과정. 모집 정원 15명. 무료.

한철은 롤러로 얼굴을 문지르면서 포스터를 뜯어보았다. 대체 평일에 이런 걸 하러 다니는 팔자 좋은 사람은 누굴까? 시간이 그렇게 남아도나? 탄산 때문에 트림이 나왔다. 더부룩하던 속이 좀 편해졌다.

강좌는 일주일에 두 번이었고, 강좌 장소인 연습실은 회사에서 멀지 않았다. 모두 출석할 필요는 없을 것이다. 사실 굳이 공연까지 할 이유도 없다. 그때 가서 사정을 말하고 빠지면 된다. 무료라고는 하지만 따지고 보면 국민의 세금으로 운영

되는 것이니 한철도 거시적으로는 강좌 개설에 공헌한 셈이다. 미안해할 필요가 없다.

한철은 시청 홈페이지로 들어가 수강 신청을 했다. 이틀 뒤 모르는 번호로 전화가 왔다. 전화를 받자 어떤 여자가 수강 여부를 확인한 뒤 첫 강의는 연습실이 아니라 극장에서 진행된다고 했다.

"마지막 시간에 거기서 공연을 하거든요. 문자로 약도 보내 드릴게요."

빈자리를 찾아 주차장을 빙빙 도는 동안에도 한철은 자기가 옳은 선택을 했는지 확신이 서지 않았다. 사실 딱히 세금을 많이 내는 편도 아니잖은가? 그러나 어떤 충동은 여드름처럼 단순하고 집요하므로 얼른 짜내버리는 편이 낫다. 구경 삼아 앉아 있는 것도 나쁠 건 없었다.

극장은 이층 건물의 이층으로, 일층은 할인 마트였다. 올라가는 계단 벽에 어린이 연극 포스터가 몇 장 붙어 있었고 공기에서는 시멘트의 눅눅한 냉기에 섞인 고무와 스티로폼 냄새가 풍겼다. 멀티플렉스 시대 이전의 영화관에서 나던 냄새였다.

극장 안으로 들어가자 예닐곱 명 정도의 남녀가 객석에 앉아 있었다. 그들 앞에 서 있던 배트맨 티셔츠에 감색 면바지를 입은 남자가 한철을 보자 웃으며 고개를 끄덕였다. 강사는 젊지도 늙지도 않아 보였다. 한철이 연극인에 대해 막연히 상상했던 것과는 달리 턱수염도 문신도 없었으며, 자세가 반듯했고 어딘지 모르게 초연해 보이는 인상이었다.

열한 명이 모였을 때 강사가 사람들에게 무대로 나와달라고 했다. 무대에 반원형으로 놓인 의자에 사람들이 앉자 강사가 무대 아래에 서서 자기소개를 했다. 배우 일도 하지만 가끔 극본도 쓰며, 아침 드라마에 조연으로 출연한 적도 있다고 하자 반원 맨 끝에 앉은 단발머리 중년 여인이 그러고 보니 낯이 익다고 말했다.

"맞다, 기억나요, 그…… 그 실장 비서!"

강사가 강좌에 대해 설명했다. 육 주 뒤에 있을 시민 연극제 준비를 겸하여 진행되는 수업으로, 시민과 배우가 함께 무대에 서는 게 목표라고 했다. 자기가 다른 작가와 같이 쓴 단막극을 공연할 생각이라면서, 첫째 주와 둘째 주는 몸을 움직이는 법과 자신의 감정을 표현하는 법에 대해 소개할 계획이라고 덧붙였다.

거기까지 이야기하는데 갑자기 극장의 불이 꺼졌다.

사방이 깜깜해졌다. 아무것도 보이지 않았다. 이상한 긴장이 어둠 속을 맴돌았다. 냄새와 감촉과 의식만 남았다. 누군가 낮게 신음을 토했다. 한철은 정신이 아득해졌다. 팔다리가 지워진 채 몸통만 둥실 떠다니는 기분이 들었고, 눈을 뜬 채 잠이 든 것 같았으며, 놀랍게도 마음이 편안해졌다. 잠시 뒤 무대에 조명이 켜졌을 때 그는 누가 자기를 이불에서 억지로 끌어낸 듯한 기분을 느꼈다.

"무대에서 객석은 이렇게 보입니다. 그러니까, 아무것도 보이지 않습니다. 관객도 보이지 않고 입구와 출구도 사라집니다. 관객이 어떤 반응을 보일지, 비웃을지, 욕을 할지, 칭찬할지 하나도 신경쓸 필요가 없습니다. 무대 위에는 여러분뿐입니다. 여러분은 자유롭습니다."

빛이 닿지 않는 저편, 여전히 어두운 객석에서 강사가 말했다.

"자기 자신이라는 배역을 연기한다는 마음으로 자기소개를 해보세요."

첫 수업이 끝나고 나서 한철은 얼떨떨한 기분에 휩싸인 채 밤거리로 나왔다. 조금 전 경험한 극장의 어둠과, 뒤이어 천장에서 쏟아지던 빛이 짧고 강렬한 꿈처럼 망막에 새겨진 것 같았다. 한철의 차례가 왔을 때 그는 자기가 중소기업 영업사원이고 언젠가는 자기 사업을 하고 싶은데, 평소 표정이 딱딱해 보인다는 소리를 들어서 연극을 배우면 좀 나아질까 하는 마음에 강좌를 신청했다고 말했다. 회사일 때문에 얼마나 많이 출석할 수 있을지는 모르겠지만 최선을 다하겠다고 했다.

거짓말이 아니었다. 거짓은 눈곱만큼도 없었다. 하지만 한철 본인의 귀에도 그 말은 딱히 진짜처럼 들리지 않았다.

주차장 앞에서 한철은 정신을 차렸다. 혼란스러워할 이유라고는 하나도 없었다. 신선하고 낯선 환경에서 회사와 가족에 대한 생각 없이 누린 작은 여유가 즐거웠을 뿐이다. 그만한 여유도 없이 사는 게 문제지 여유 자체가 문제일 수는 없었다.

두번째 수업에서 수강생들은 바닥에 일자로 그어진 선 위를 비틀거리며 걸었다. 종이비행기를 일직선으로 날려보내려 애썼고 닭싸움 자세를 한 채 미동도 않으려 노력했다. 시민 기자라는 젊은 여자가 나타나 고양이 발처럼 손을 오므린 사람들을 휴대폰 카메라로 찍고 갔다.

강사는 연극이란 몸과 인식을 일깨우는 예술이며, 쓰지 않던 정신의 근육을 되살리는 행위라고 설명했다. 그 이론에 따르면 한철의 많은 부분은 혼수상태에 빠져 있었다. 움직임을 의식할수록 몸이 뻣뻣해졌다. 어느 날 불현듯 자기 다리가 사실 수십 개였다는 걸 깨닫고 어쩔 줄 몰라하는 지네가 된 기분이었다.

조별로 나눠 좋아하는 동물을 표현하던 중, 첫 시간에 검정고시 준비중이라고 자기소개를 했던 열여덟 소년이 큰 소리로 개처럼 짖기 시작했다. 소년은 개의 시선으로 세상을 보자 갑자기 주인과 산책을 나가고 싶어져서 그랬다고 해명했다. 그러는 동안 금붕어를 담당한 한철은 꼬리와 지느러미를 흔들며 어항을 탈출하려고 최선을 다했다.

"첫 시간부터 너무 달리는 거 아니에요?"

쉬는 시간에 연습실 소파에 축 늘어져 있는 한철에게 강사가 말을 걸었다.

"재미있어서요."

한철은 곧바로 대답했고, 뒤이어 자기가 한 말에 놀랐다. 단어와 감정이 딸깍 소리를 내며 맞아떨어지는 걸 느꼈던 것이다.

세번째 수업이 있는 날, 한철이 야근을 하지 않으려고 전날 밤을 새워가면서 정리한 서류를 퇴근 전에 다시 검토하는데 어머니에게서 전화가 왔다. 동생이 경륜장에 또 드나들기 시작했다는 사실을 한철의 제수가 알게 되는 바람에 대판싸움이 벌어졌고, 친정으로 가버린 제수를 동생이 쫓아가서 난리를 피우다가 실수인지 우연인지 장인이 살짝 '밀쳐진' 모양이며, 지금 사돈 내외와 제수와 동생 모두 지구대에 있다는 것이었다.

"그냥 유치장에서 정신 차리라고 해요."

"니 애비랑 어쩜 그렇게 말이 똑같냐. 부모 가고 나면 세상에 너희 둘뿐이다."

"결혼까지 했는데 무슨 소리예요."

"그런 말 하면 죄받는다. 내가 아주 큰 실수를 했어. 결혼을 그런 여자랑 시켜가지고."

"지금 일하는 중이라서요. 일단 어머니가 먼저 가 계시면……"

"그게 사람 탈을 쓰고 할 짓이니, 응? 사위를 경찰에 신고하는 게 사람이야? 난 못 간다. 그 짐승들 얼굴을 보면 그 자리에 쓰러져 죽어버릴 거다."

세 시간 뒤 한철은 동생과 함께 지구대를 나왔다. 한철이 말없이 차를 몰아 다리를 건너는 동안 동생은 살다보니 별꼴을 다 당한다고 투덜거렸다. 다리 아래 강물은 새까맸고, 수면에 반사되어 일렁이는 불빛이 금가루처럼 빛났다.

"앞으로는 무조건 녹음을 하려고. 증거를 대야 입을 닥치지. 다들 지들 잘못은 로맨스고 남 실수는 불륜이래. 내가 얼마나 절제하면서 선을 지켰는데, 응?"

"제발 닥쳐라, 좀."

"왜 형까지 짜증을 내고 그러냐." 동생이 말했다. "걔 나한테 슬리퍼 던지는 거 봤잖아? 경찰 앞에서! 사람들 다 보는데! 좋겠어, 형은. 그런 일은 안 당하니까."

한철은 다시 입을 다물었다. 동생이 창문을 열고 담배에 불을 붙였다.

"얼굴 좀 펴세요, 형님. 맨날 그런 표정으로 어떻게 살아."

잠시 뒤 한철은 화를 꾹 누르며 새로 시작한다던 사업은 어찌되고 있는지 물었고, 동생은 일이 궤도에 오르면 형도 자연스럽게 알게 될 거라고 느긋하게 대답했다.

부모님 집에 도착하자 동생은 형이야말로 정말 타고난 영업

맨이라고, 형이 장인을 설득하는 걸 봤어야 한다고, 진짜 존경스러웠다고 어머니에게 말했다.

병원비와 생활비와 아버지와 제수에 대해 어머니가 늘어놓는 하소연을 듣다가 한철이 원룸으로 돌아왔을 때는 새벽이었다. 포장만 겨우 풀고 조립은 시작도 못한 채 일주일째 방치한 이케아 옷장 뼈대가 벽에 기대어 서 있었다.

한철은 불을 끄고 침대에 누웠다. 오늘 그는 수업시간에 사물의 내면을 표현하는 법을 배웠어야 했다. 강사는 메소드 연기에 대해서도 설명할 거라고 했었는데 그게 대체 무엇인지 궁금했다.

그는 상자가 되고 싶다고 생각하며 잠들었다. 열 수 있는 유일한 열쇠를 자기 안에 집어넣은 채 영원히 잠긴 상자가 되면 좋을 것 같았다.

네번째 수업 날, 강사가 한철에게 반갑게 인사를 하면서 호치키스로 찍은 종이 뭉치를 내밀었다.

"지난 시간에 대본 나눠줬거든요. 다음주부터 연습할 거예요."

한철이 자리에 앉자 기러기아빠라고 자신을 소개했던 호쾌한 인상의 중년 남자가 한철이 들고 있는 대본을 가리켰다.

"내가 연극을 잘 모르긴 해도, 그거 재미있더라고요."

그날 수업의 목표는 감정을 자유롭게 털어놓는 것이었다.

강사가 말했다.

"살아오면서 힘든 일을 겪을 때 머릿속에 떠올리는 게 있을 겁니다. 추억의 물건일 수도 있고, 종교일 수도 있고, 사람일 수도 있겠죠. 경험상 이 시간에 재미있는 얘기가 정말 많이 나옵니다. 저는 한 사람의 내면에는 아직 싹을 틔우지 못한 다채로운 감정들이 빛을 볼 날을 기다리며 숨어 있다고 생각해요. 오늘도 그걸 볼 수 있으면 좋겠습니다."

단발머리 중년 여인은 힘든 일이 있을 때면 돌아가신 부모님이 유산으로 남긴 약간의 땅을 생각한다면서, 너무 속물적이라고 할 수도 있겠지만 삶의 고난을 견디는 데 물질은 쓸모가 꽤 크다고 했다. 기러기아빠는 뉴질랜드에 있는 아내와 딸이라고 말하고 싶은데 솔직히 그건 아닌 것 같고, 새벽 낚시를 하다가 느끼는 손맛이 더 자주 떠오른다고 했다. 온전히 자기 힘만으로 성과를 올리는 기분이 참으로 상쾌하다고 덧붙였다.

검정고시를 준비중인 소년이 나무 아래 묻으려 했던 자기 마음을 생각한다고 하자 사람들이 귀를 쫑긋 세웠다.

소년이 계속 말했다. 어릴 때 부모님이 이혼하고 아빠와 시골로 가서 살게 됐는데, 아빠가 재혼을 하려고 하자 견딜 수 없어서 가출을 했다고 했다. 새벽에 무작정 집을 나와 걸었더랬다. 어두운 밤하늘에 별이 빛났고, 세상 모든 게 미웠다. 동이 틀 때쯤 기차역에 도착했는데, 역 앞 쉼터에 녹나무 한 그

루가 서 있었다. 문득 지금 느끼는 이 서럽고 괴로운 마음을 그 나무 아래 묻은 뒤 떠나고 싶다는 생각이 들어서 납작한 돌을 주워 땅을 얕게 판 다음 마음을 버리고 묻는 시늉을 했다. 그런데 그때 가슴에서 정말로 뭔가가 빠져나가는 느낌이 들었다. 구멍에서 뱀이 빠져나가듯. 순간 두려워져서 그만뒀고, 그 뒤로 가끔 그 나무와 그 새벽이 생각난다고 말하다가 갑자기 소년이 입을 다물었다. 소년은 입술을 달싹이고 눈물을 글썽이며 서 있다가 그대로 자리에 앉았다. 소년의 옆에 앉아 있던 중년 여인이 소년의 등을 쓰다듬었다.

자기 차례가 되자 한철이 자리에서 일어나 좌우를 둘러보았다.

"저는," 한철이 말했다. "견디기 힘든 일이 있을 땐 저 자신을 우주의 먼지에 불과하다고 생각합니다. 늘 그랬어요. 지난번에 수업을 빠진 것도 사정이 좀 있었는데…… 아시다시피 우주는 아주 넓고 지구는 우주에 비하면 무척 작은데, 먼지는 더 사소하잖아요. 정말로 커다란 공간에 수많은 것들이 있는데, 저는 그중에서도 가장 보잘것없는 그런 것이 아닌가, 그런 생각을 합니다. 그러면 이상하게 마음이 진정이 돼요."

한철이 입을 다물었다. 모두가 자기를 바라보고 있었다. 계약과 재고와 가격과 스펙과 납기일 이야기를 하는 게 아닌데 사람들이 자기 말을 듣고 있었다.

건물 밖에서 희미한 사이렌소리가 들렸다. 목뒤에서 시작된 열기가 뺨으로 번졌고, 아지랑이가 피어오른 듯 눈앞이 살짝 흔들렸다.

그 순간 한철은 강사가 한 말을 이해했다. 무대에는 오로지 자기뿐이었다. 아무도 신경쓸 필요가 없었다. 사람의 시선을 받으면서 이렇게 자유롭다고 느낄 줄은 몰랐다. 심장이 펄떡였다.

"저는, 그러니까, 우주의 관점에서 제가 별게 아니라면 지금 내게 닥친 힘든 일도 마찬가지 아닌가. 그렇다면 호들갑을 떨어봤자 소용없지 않은가. 하나씩 해결하면 되지 않겠나. 그렇게 생각을 합니다. 그러면 마음이 차분해집니다. 힘든 일도 거리를 두고 보게 되고요. 다시 말해, 제가 하고 싶은 얘기는……"

한철이 다시 말을 멈췄다. 목이 멜 듯한 기분을 겨우 누르고 말을 이었다.

"제 말은…… 해결책이 떠오릅니다. 감사합니다."

사람들이 박수를 쳤다.

수업을 끝내면서 강사는 다음주에 배역을 정하자고 했다.

한철은 시동을 걸지 않은 채 운전석에 앉아 대본을 읽었다. 흥분이 가시지 않았고, 집으로 돌아갈 때까지 기다릴 수 없었다.

'옹고의 나라에서'라는 제목의 그 희곡은 한철이 모르는 소설가의 단편을 각색한 것이었다. 인부人夫를 만드는 공장이 배경으로, 그 공장에서 제작된 인부들은 사람들이 가길 꺼리는 작업 현장으로 보내졌다. 내전을 피해 입국하여 공장에 취직한 웅고와, 웅고와 같은 나라 사람이지만 웅고의 반대편 진영에서 사람들을 학살했던 장이 뒤이어 공장에 들어오면서 이야기가 시작되었다. 연극이 진행되면서 놀랍게도 둘은 친구가 되고, 이국의 땅에서 고국의 언어라는 매개를 통해 우정을 쌓는다.

결말은 한철에게 조금 이상하게 느껴졌다. 웅고는 반정부 활동 전력이 드러나 추방되고, 장도 공장을 그만두고 잠적한다. 얼마 뒤 출고되어 나온 인부들이 모두 웅고와 장의 나라 말을 하기 시작하는데, 공장의 누구도 그 문제를 해결하지 못한다. 극은 인부들이 아무도 알아들을 수 없는 말로 합창을 하면서 끝이 나고, 대본에는 기묘한 음향과 함께 하늘에 이상한 물체가 떠오른다는 지문이 적혀 있었다.

"요즘 많이 바쁜가봐? 뭐가 그렇게 급해?"

실향민 사장이 말했다.

"저야 늘 그렇죠." 한철이 가방을 챙기며 말했다. 서류를 서둘러 집어넣다가 하마터면 커피를 엎을 뻔했다.

"박과장, 올해 나이가 몇인가?"

"선이라도 보여주시게요?" 한철이 웃었다.

"꿈도 크네." 사장이 실소를 터뜨렸다가 목소리를 조금 낮췄다. "내 친구 중에 큰 욕심 안 부리고 뭘 좀 해보고 싶다는 사람이 있거든. 근데 자기 주변에는 딱 봐도 믿을 만한 사람이 없다면서 나한테 묻더라고. 어디 열심히 하는 친구 없냐고. 그 말을 듣고 내가 떠오른 사람이 있어서, 혹시 시간이 맞으면 한번 보겠느냐, 하니까 좋대."

한철이 사장을 보았다. 구체적인 단어는 하나도 사용하지 않으면서 억양과 뉘앙스만으로 정확하게 뜻을 전하고 있었다. 이런 게 강사가 설명했던 대사 전달력이라는 걸까? 사장이 계속 말했다.

"누가 위 하자 아래 하자, 그런 게 아니라 같은 눈높이에서 보자, 그런 생각인 거 같던데. 근데 일정이 빠듯한가봐. 시작이 너무 늦으면 곤란하다, 내가 듣기로는 그러더라고. 박과장이 이제 나이나 경력이나 차지 않았나, 이래저래?"

한철은 가슴이 두근거렸다. 사장이 지금 건네주려는 건 한철의 꿈이었다. 당장 머리를 조아려도 모자랄 판이었다. 한철은 떨리는 마음을 가라앉히며 천천히 입을 열었다.

"생각해보겠습니다."

"아." 사장이 잠깐 침묵했다. "생각해보겠다고?"

"네."

"그래, 생각해봐야겠지. 그래도 너무 오래는 말고. 목 좋은 상가 같은 거라서 얼른 가계약이라도 하지 않으면 다른 누가 와서…… 알지?"

한철은 연극 공연 시간에 늦을까 초조해하면서 차를 몰고 대학로로 갔다. 지난번 수업이 끝나고 강사에게 추천할 만한 연극이 없는지 물었을 때 요즘 시간을 쪼개가며 극장을 찾는다는 얘기는 어쩐지 멋쩍어서 하지 않았다. 강사가 추천한 연극은 신생 극단의 작품으로, 반응이 무척 좋다고 했다.

지하 극장을 찾은 관객은 한철까지 다섯이었다. 부채꼴의 객석에 앉아 휴대폰을 끄고 십여 분쯤 기다리자 조명이 꺼졌다. 어둑하던 객석이 완전히 컴컴해졌다.

한철은 눈을 크게 떴다. 거래처 방문 일정을 신용대출마냥 이리저리 돌려막아가며 연극을 보러 갈 때마다 켕기던 마음도 이 순간이 되면 편안해졌다.

연극이 상연되는 동안 한철은 배우들의 눈빛과 손짓, 억양, 발음을 유심히 살폈다. 어떤 의미에서는 영업 일을 배우는 것과 크게 다를 게 없었다. 관찰하여 모방하고 응용한다. 물론 첫술에 배부를 수는 없다. 하지만 따라 하다보면 어느 순간 깨달음이 오고, 깨달음이 오면 요령이 생긴다.

원룸에서는 유튜브로 연극배우들이 나오는 다큐멘터리를 보았다. 하나같이 가난했고 다들 열심이었다. 지방 소도시를

순회하는 작은 극단의 이야기를 담은 한 다큐멘터리에서 나이
든 배우가 돈은 생각만큼 중요하지 않다고 강조했다. 보세요.
배우가 웃었다. 제가 가난한 거야 맞죠. 그래도 참 행복해 보
이지 않습니까?

본격적으로 연극 연습이 시작되자 세 명이 강좌를 그만뒀
다. 기러기아빠도 그중 하나였다. 그는 아무리 생각해도 끝까
지 할 자신이 없다면서, 한철과 명함을 교환한 뒤 연습실을 떠
났다. 강사는 응고 역할을, 한철은 장 역할을, 중년 여인은 출
입국 관리소 직원을, 검정고시 소년은 공장 직원 1을 맡았다.
응고와 장은 실제 존재하지 않는 나라의 말을 해야 했기 때문
에 둘의 대사 대부분은 프랑스어와 스페인어를 합성한 음원
파일을 트는 것으로 대체했다. 사실상 장은 대사가 한마디도
없었다. 그런 만큼 동작과 표정이 중요했다. 강사와 한철은 다
른 사람들이 대사를 연습하는 동안 동선을 연구하고 시선을
맞춰봤다.

"잠깐만요." 강사가 말했다. "저한테 시선이 더 들어와야 해
요."

한철이 눈을 깜박였다. 지금 보고 있잖은가?

"시선이 조금 더 들어와야 해요. 들어와서 봐야 합니다."

"뭘요?"

"그게…… 아무튼 시선을 더 제 안으로 들이밀어야 해요."

한철이 눈을 부릅떴다. 강사가 고개를 저었다.

"저를 보면 안 돼요. 장이 응고를 봐야 해요."

한철이 응고를 쳐다보려는데 휴대폰이 진동했다. 동생이 보낸 메시지였다. 아버지 생신 어쩔래? 생각해봤어? 한철은 나중에 얘기하자고 답장을 보낸 다음 다시 강사를 보았고, 강사는 이번에도 고개를 저었다.

거래처에서 회사로 돌아가던 길에 길고양이 한 마리가 한철의 앞을 지나갔다. 한철은 고양이에게 시선을 들이밀려고 해보았다. 고양이는 하품을 하고는 전봇대 뒤로 사라졌다.

사무실에 들어가자 곽차장이 한철을 불렀다.

"천사장한테 전화 왔던데."

차장이 계속 말했다. 며칠 전에 말해놨던 부품이 오지 않아서 한철에게 전화를 했더니 업무 시간이었는데도 전화기가 아예 꺼져 있었다면서 천사장이 자기한테 항의를 하는 바람에 진땀을 뺐다고 했다. 요즘 대체 어디서 뭘 하고 돌아다니는 거냐? 사춘기냐? 게다가 재고 현황은? 무슨 정신으로 지난달 걸 그대로 올려놨나? 치매야? 차장의 잔소리가 이어지는 동안 한철은 차장을 어항 속의 금붕어라고 상상하며 서 있었다. 아무리 입을 뻐끔거려봤자 누구도 그 말을 듣지 못할 것이고, 어항에서 절대 탈출하지 못한 채 늙어갈 것이다.

"정신 좀 차리자, 응?"

다음날 한철은 분식집에서 제육덮밥을 먹다가 어머니에게 용돈을 보내지 않았다는 사실을 깨닫고 소스라치게 놀랐다. 부모님은 그 돈으로 공과금을 내고 있었다. 어떻게 그걸 잊어버렸을까? 한철은 서둘러 계좌이체를 한 다음 동생에게 전화를 걸었다.

"안 그래도 전화하려고 했는데." 동생이 말했다. "내가 급하게 보낸 돈으로 내셨댄다. 바빠도 챙길 건 챙겨야지. 그러게 그냥 자동이체로 하자고 했구만."

"너야."

"내가 뭐."

"자동이체 하지 말자고 한 게 너라고. 노인들이 은행에 규칙적으로 가야 운동도 되고 치매도 예방한다면서."

"아버지 생신 어떻게 할진 생각해봤어? 말을 해줘야 내가 뭘 하지."

"그거 네가 정하면 안 되냐? 너랑 제수씨가."

"걔는 이혼하겠다고 계속 난리고, 나는 오늘 사업 미팅이……"

"네 미팅만 일이냐? 난 놀아? 그 잘난 사업에 내 돈까지 꼴아박았으면 형이 해달라고 부탁할 때 한 번쯤은 머리가 경륜장 자전거 바퀴만큼은 돌아가줘야 되는 거 아니냐?"

불쾌한 침묵이 흘렀다. 한철은 기다렸다. 동생이 입을 열었다.

"나중에 불평하기 없기다?"

전화를 끊고 나서 한철은 가방에서 대본을 꺼냈다. 계절은 여름으로 접어들었고, 자외선이 피부를 천천히 태웠으며, 남은 수업은 두 번이었다. 공연 당일에는 극장에서 리허설을 하기로 되어 있었다.

대본을 읽다가 고개를 들자 구석에서 어떤 남자가 입가에 희미한 웃음을 흘리며 한철을 빤히 바라보고 있었다. 그게 거울에 비친 자기 모습이라는 걸 알아차리기까지 잠시 시간이 걸렸는데, 그 순간 한철은 시선이 들어와야 한다는 말이 어떤 의미인지 깨달았다. 말로는 표현할 수 없었지만 느낄 수 있었다. 태어나 처음 보는 생물 앞에 서 있는 것과 마찬가지 기분이었다. 그게 뭔지 설명은 못하지만 그 존재를 부인할 수는 없다. 한철은 들떴다. 무엇을 바라는지도 모른 채 줄곧 원하던 걸 방금 손에 넣은 것 같았다. 지금껏 답을 충분히 알고 있다고 생각했던 것들이 흙에서 막 고개를 내민 새싹처럼 올라와 파릇하게 흔들렸다.

공연 당일 한철은 월차를 냈다. 극장에 도착해보니 로비 문에 시민 연극제 포스터와 〈응고의 나라에서〉 포스터가 나란히 붙어 있었다. 연극제 로고가 박힌 티셔츠를 입은 젊은 여자가 초대권 신청 명단과 연극제 팸플릿을 책상에 정리하고 있었다.

최종 리허설에서는 강사가 소속된 극단의 배우들과 수강생들이 함께 연습을 했다. 공장 구내식당을 배경으로 응고와 장이 대치하는 장면에서 강사가 한철을 매섭게 노려보자 한철은 뒤로 한 걸음 물러섰다가 곧 자존심을 회복하고 고개를 빳빳이 들었다. 공장 직원들이 입을 다문 채 둘을 바라보았고, 응고와 장은 서로를 외면하며 반대 방향으로 식판을 들고 갔다.

"좋아요." 강사가 말했다. "아까는 시선이 저한테 들어왔어요."

"제가 그걸 봤군요."

"그렇죠. 그걸 봤어요."

"다행이네요. 그런데, 저기……"

"네?"

"아닙니다. 공연 끝나고 얘기할게요."

쉬는 시간에 한철은 구석에 앉아 강사에게 할말을 정리했다. 물론 자기가 나이가 많다는 건 안다. 솔직히 대단한 재능도 없지 싶다. 하지만 그게 문제는 아니라고 생각한다. 열정이 있지 않은가. 신입 단원들이 표 파는 일부터 한다는 거 안다. 인터넷으로 다 알아봤다. 파는 거라면 잘할 자신 있다. 좋은 제안이 있었지만 거절할 생각이다. 당분간은 직장 일과 병행해야겠지만 나중에는 연극만 하려고 한다. 충동적인 결정이 아니다. 오래 생각하고 말하는 거다. 세월은 쉬지 않는다. 더

늦기 전에 연극을 배우고 싶다. 갑자기 이런 말을 한다고 너무 부담스러워하지 않았으면 좋겠다.

공연 시간이 다가오자 한철은 작업복으로 갈아입고 분장을 한 다음 가발을 썼다. 거울 저편에서 장이 한철을 바라보았다. 무고한 사람들의 피를 손에 묻힌 학살자의 심복이 허세에 찬 미소를 짓다가 이내 두려움에 떨며 한철의 어깨 너머를 응시 했다.

이윽고 무대의 불이 꺼지고, 종소리가 울렸다.

공연이 성공적이었다고는 할 수 없었다. 음향에 문제가 생기는 바람에 응고와 장은 한참 동안 팬터마임 배우처럼 침묵 속에서 팔다리를 허우적거려야 했다. 공장 직원 1은 대사를 잊어버렸고, 출입국 관리소 직원은 반대쪽에서 등장했다. 마지막 장면에서 인부들이 합창을 시작할 때 조정실에서 볼륨을 너무 크게 높이는 바람에 스피커에서 찢어지는 듯한 소리가 났으며, 머리 위로 떨어지는 조명은 지나치게 기괴한 색깔로 일렁였다.

그러나 연극이 끝나고 암전이 찾아왔을 때, 한철은 혈관을 따라 흐르는 기묘한 전율에 반쯤 넋이 나간 채 무대 뒤로 돌아갔다. 땀에 젖은 작업복이 몸에 달라붙었고, 꽉 끼는 가발이 정수리를 간질였지만 의상을 갈아입고 싶지 않았다.

"올라가세요!"

강사가 말하자 출연진들이 움직였다. 들리는 박수 소리로
봐서 아예 사람이 없지는 않은 듯했다. 무료 공연이라는 점이
효과를 발휘한 모양이었다. 한철은 마지막에 강사와 함께 무
대 위로 올라갔다. 배우들과 함께 깊이 허리를 숙인 뒤 고개를
들어 앞을 보았다. 무대가 독점하던 조명이 극장 전체에 고루
퍼지면서 박수를 치고 있는 사람들의 얼굴이 한철의 눈에 하
나하나 또렷이 들어왔다.

한철의 가족은 앞에서 세번째 줄에 앉아 있었다. 어머니, 아
버지, 동생, 제수.

"진짜 생일 선물이 됐네!"

동생이 외쳤다. 제수가 한철을 흘끗 보고는 웃음을 참느라
입술을 깨물었다. 아버지는 흥미롭다는 표정이었고, 어머니는
한철을 외면한 채 포스터만 뚫어져라 바라보았다.

"애가 무료 공연이라고 하더라고." 동생이 제수를 가리켰
다. "그래서 신청하라고 했지. 아버지 생신하고 날짜도 얼추
비슷하잖아. 자리에 앉았는데 어디서 많이 본 사람이 가발을
쓰고 입을 뻐끔거리고 있네? 내가 웃겨서 죽을 뻔했는데 진짜
형 생각해서 참았다. 나한테 고마워해야 한다, 응?"

연극제 티셔츠를 입고 목에 출입증을 건 젊은 여자가 그들
에게 다가왔다. 출입증에 '시민 기자'라고 적혀 있었다.

"잠깐 인터뷰 좀 해도 될까요? 가족끼리 오신 거세요?"

"아버지 생신을 맞아서 왔어요." 동생이 말했다. "이쪽은 우리 형인데, 아까 보셨죠? 웅고? 아니다, 웅고! 주연!"

"아, 장 역할이시지 않았던가……요? 아무튼 잘 봤어요!"

제수가 다시 입술을 깨물었고 어머니는 여전히 말이 없었다. 시민 기자가 계속 말했다.

"무대에 선 형을 보니까 기분이 어떠셨어요?"

"당연히 놀랐죠. 형이 우리 놀래키려고 말도 안 했거든요. 정말 특별한 추억이 될 것 같아요."

"연극의 매력이 뭐라고 생각하세요?" 시민 기자가 한철을 보았다. 한철이 얼굴 전체에 주름을 지으며 웃었다. 수치와 증오와 환멸로 목이 콱 메어서 입이 떨어지지 않았다.

"가족분들 다 같이 사진 좀 찍을 수 있을까요? 블로그랑 인스타에 올리려고요."

그들은 나란히 섰다. 시민 기자가 한철의 어머니에게 정면을 봐달라고 부탁했다. 제수가 배에 손을 올리며 환하게 웃었다. 한철은 그제야 제수의 배가 좀 나왔다는 사실을 알아차렸다. 촬영이 끝나고 시민 기자가 다른 곳으로 가자 어색한 침묵이 흘렀고, 한철은 뒤풀이가 있어서 가봐야 한다는 둥 남은 생신 즐겁게 보내라는 둥 입 밖으로 나오는 대로 주워섬기며 자리를 떴다.

"오늘 진짜 잘했어요." 무대 뒤로 돌아가자 강사가 다가왔다. "뒤풀이 가야죠? 한철씨 연기 보고 감동한 친구들이 소개시켜달라고 난리예요. 진짜 연극 처음 하는 거 맞냐면서."

"어, 그게," 한철이 말했다. "지금 가봐야 해요. 연습 때문에 못 끝낸 업무가 있어서."

"이 시간에요? 아까 하실 말씀 있다고 하시더니."

"아, 그거. 별거 아닙니다. 진짜 별거 아니에요."

강사가 한철을 바라보았다.

"그래요?"

"네, 업무가 너무 밀려서요."

한철은 사람들 눈에 띄지 않게 서둘러 극장을 빠져나왔다. 밤바람에 더위가 스며들어 있었다. 골목에서 오토바이가 튀어나왔지만 한철은 멈추지도 물러서지도 않고 계속 걸었다. 운전자가 그를 노려보고는 머플러를 요란하게 부르릉거리며 멀어져갔다.

업무용 경차는 공영주차장 구석에 주차되어 있었다. 한철은 주차비를 정산한 뒤 운전석에 앉았다. 그는 자기가 가질 뻔했던 것이 사라졌다는 사실을 알았다. 그게 애초부터 자기 몫이 아니었다는 것도 알았다. 이런 경험이 다시는 오지 않을 것이고, 혹여 온다 해도 그때는 자기가 물리치리라는 걸 알았다. 그래도 괜찮았다. 그에게는 이런 문제를 해결하는 방법이 있었다. 힘든 일이 닥치면 그는 우주의 먼지로 작아지면서 곤경을 벗어날 수 있었다. 이번이라고 다를 건 없었다. 마음이 놓이자 눈물이 솟구쳤다. 한철은 운전대를 붙잡은 채 육 주간의 강좌를 통해 몸에 익힌, 지극히 풍부하면서도 깊은 표정으로 울음을 터뜨렸다.

보라색 사과의 마음

은영의 눈에 빛나는 것들이 보이기 시작했다. 처음은 수영 장에서였다. 잠영 연습을 하려고 물속으로 들어갔는데 풀장 바닥에서 뭔가 조그만 것이 인어의 비늘처럼 빛나고 있었다. 은영은 코로 공기 방울을 내보내면서 빛이 보이는 쪽으로 다가갔다. 바닥에는 아무것도 없었다. 빛도 사라져 있었다. 아마 빛이 얼비쳤거나, 뭐라더라, 투과되고 굴절된 모양이었다.

며칠 뒤 은영은 친구를 기다리며 카페에 앉아 있었다. 옆 테이블에서 무언가가 아릿하게 빛나며 은영의 시선을 끌었다. 창밖 하늘은 구름이 끼어 흐렸고 맞은편 자리에서는 와이셔츠 소매를 걷은 깡마른 남자가 불만스러운 표정으로 휴대폰을 노려보고 있었다. 은영은 눈을 비비고 테이블을 다시 보았다. 목제 테이블은 물기 하나 없이 깨끗했다.

이런 일이 몇 번 더 반복되었다. 작고 동그란, 동전만한 것이 은영의 주변에서 반딧불처럼 빛을 발하다가 사라지는 일이 잦아졌다. 그러다가 작업중에 노트북 화면 구석에서 불량 화소처럼 하얗게 빛나는 동그라미를 발견하자 은영은 진짜로 걱정스러워졌다.

안과의사는 젊고 수다스러웠다. 그는 조그만 빛 같은 게 보인다고 해서 백내장이라 할 수는 없다고 설명했다. 은영이 인터넷에서 알아보고 온 증상이 전부이니 안심하라고도 했다. 하지만 뭐가 문제인지는 집어내지 못했다.

"눈을 많이 쓰는 직업에 종사하시나요?"

"번역을 해요."

은영이 말했다.

"많이 쓰시겠네요. 최근에 심한 스트레스를 받은 적이 있나요? 두통은요?"

은영은 잠시 생각하다 둘 다 없다고 했다. 최근에 두통을 느낀 적은 없었다. 실은 그것도 인터넷으로 알아봤다. 두통과 시력 저하는 뇌종양의 전조 증상이라고 했다. 스트레스는? 삼 주 전 일요일에 은주의 일주기를 맞아 부모님과 추모 공원에 다녀왔다. 어머니와 아버지는 슬픔을 내색하지 않으려고 애썼다. 애쓰는 모습이 눈에 다 보였다. 은영은 애써 노력하지 않

40

아도 덤덤할 수 있었고 내색하지 않을 수 있었다. 그렇다면 그 걸 스트레스라고 할 수는 없지 않을까?

의사는 눈에 나타나는 증상이 반드시 눈 때문은 아닐 수도 있다면서 지금으로서는 특별한 소견이 없지만 필요하다면 인공 눈물을 처방해주겠다고 했다.

"그게 무슨 뜻인가요?"

은영이 물었다.

"뭐가요?"

"눈에 나타나는 증상이 반드시 눈 때문은 아니라는 말씀요."

"우리 몸은 복잡하게 연결되어 있으니까요. 발목이 시큰거리는 이유가 알고 보면 허리를 다쳐서일 수도 있습니다. 머리에 종양이 있으면 시력에 문제가 생기기도 하죠. 인터넷에서 알아보셨겠지만."

의사가 의료인 특유의 무신경한 말투로 쾌활하게 대답했다.

은영은 약국에서 인공 눈물을 구입한 뒤 그 자리에서 눈에 몇 방울을 떨어뜨렸다. 눈앞이 씻기듯 맑아진 듯했다. 눈을 깜박이자 점안액이 눈물처럼 흘러내렸다.

은영은 자기가 언제 마지막으로 울었는지 도무지 생각나지 않았다.

동생 은주를 차로 친 남자는 반년 전 집행유예를 받았다. 금고 육 개월에 집행유예 일 년. 은영의 가족이 합의를 받아들였다면 더 가벼운 형을 선고받을 수도 있었다. 그래도 일 년만 죽은듯 살면, 아니, 살던 대로 살면 남자는 자유의 몸이 된다. 전과는 남겠지만 잘 둘러댈 수 있을 것이다. 불행한 사고였다고. 살다보면 겪을 수 있는 일이라고.

남자가 최후진술을 할 때 은영도 법정에 있었다. 큰 키에 잘생긴 남자였다. 모양을 보건대 어깻죽지에서 시작된 듯한 불꽃무늬의 문신이 목뒤까지 피어올라 있었다. 그는 구부정하게 앉아 속기사가 있는 쪽을 멍하니 응시하다가 자리에서 일어나 선처를 호소했다. 서글서글한 인상의 얼굴을 후회와 가책으로 일그러뜨린 채 사회로 복귀할 수 있도록 해준다면 일평생 참회하고 반성하는 삶을 살겠노라고 낮고 부드러운 목소리로 말했다.

다른 곳에서 아무것도 모른 채 만난다면 모두 남자를 마음에 들어할 것이다. 호감 가는 인상을 가진 사람이라고 생각할 것이다. 사람들은 그 남자가 이별을 통보한 여자친구의 턱을 주먹으로 때린 뒤 머리채를 붙들고 이리저리 흔들어대다 길바닥에 패대기친 다음 이번에야말로 진짜로 죽여버리겠다면서 포르셰를 몰고 여자에게 돌진한 사람이라고는 생각하지 못할 것이다. 마지막 순간 제풀에 겁을 먹어 운전대를 꺾었다고도 생각하지 못할 것이다. 그때 골목에서 느닷없이 사람이 튀어나왔을 거라고는 더더욱 생각하지 못할 것이다. 하지만 거기까지 알고 난 뒤에도, 남자에 대한 인상이 조금 바뀌긴 해도 다들 납득할 것이다. 불행한 사고였다고. 살다보면 겪을 수 있는 일이라고.

남자는 달아나지 않았다. 그날 밤 남자가 유일하게 한 올바른 행동이었다(이는 양형에 크게 참작되었다). 남자는 차에서 내려 119에 전화를 걸었다. 구급대원들이 왔을 때 은주는 의식이 없었고, 응급실에 도착하기 전에 죽었다. 벽과 차 사이에 끼어서 장기와 뼈가 모두 망가진 상태였다. 망가졌다, 보다 더 적나라하고 정확한 표현들이 있었지만 은영은 동생의 마지막 모습을 그런 말들로 기억하고 싶지는 않았다. 망가졌다, 만으로도 충분했다. 말할 수 없는 부분들은 모두 은영의 눈에 새겨졌으니까.

사고 소식을 듣고, 상황을 파악하고, 장례를 치르고, 공판에 참석하는 동안 은영은 눈물을 보이지 않았다. 정확히 말하면 그럴 수 없었다. 어머니는 무너졌고 아버지는 무력해졌다. 은영이 거의 모든 걸 다 도맡아야 했다. 아직은 울 때가 아니었다. 언젠가 때가 되면 울 수 있을 것이다. 죄를 저지른 인간이 합당한 벌을 받으면 울 수 있을 것이다.

재판이 끝난 다음에도(민사소송은 포기했다. 변호사는 사실상 실익이 없다고, 소송에 들어갈 비용과 시간을 고려하면 오히려 손해라고 말했다) 은영은 울지 않았다. 가족과 친구들은 이해했다. 충격이 크면 그럴 수 있다고. 그러다가 어느 순간 댐이 무너지듯 슬픔이 밀려올 거라고. 은영도 인터넷 커뮤니티 게시판에서 비슷한 사연을 읽은 적이 있었다. 여자친구가 사고로 죽었는데 그뒤로 평소보다 더 즐겁게 지내고 있다고, 하나도 슬프지 않다고, 자기가 사이코패스가 아닌지 걱정된다는 글이었다. 사람들이 댓글을 달았다. 그건 슬픔으로부터 자신을 지키기 위한 자연스러운 반응이라고 했다. 은영은 자기도 그런 경우일 거라고 생각했다. 언젠가 때가 되면 울 수 있을 것이다. 적당한 때가 되면.

안과에 다녀오고 얼마 뒤 은영의 어머니가 전화를 걸어왔다.

"요즘은 좀 괜찮니?"

은영은 머뭇거리다가 잘 모르겠다고 했다. 머뭇거린 건 질문의 진의를 바로 파악하지 못해서였고, 모르겠다고 대답한 건 입에서 괜찮아요, 라는 대답이 나올 뻔해서였다. 그러니까, 정확히 말해, 진심으로 괜찮다고 대답할 뻔했기 때문이었다. 은영은 은주 일을 완전히 잊어버리고 있었다. 사고도 장례식도 법정도 모두 신기루처럼 희뿌옇게 남아 있을 뿐이었다. 굳이 기억을 들춰내지 않는 이상 아무것도 떠오르지 않는 오래전 풍경처럼. 고작 반년 남짓 지났을 뿐인데도 은영은 아무렇지 않게 지내고 있었다. 언젠가 술집에서 친구들을 만났을 때도 잘 웃고 떠들었다. 목소리가 너무 커서 뒷자리 사람이 돌아볼 정도였다. 책상에 앉아 오래 일하려면 체력을 길러야 한다는 말을 듣고("생존 체력이라고 하잖아") 수영 강좌에도 등록했다.

다 좋았다. 아무렇지도 않았다. 슬픔의 댐은 끝내 터지지 않았다. 물이 그대로 말라버렸는지도 몰랐다. 아니, 애초에 그 안에 물이 있기는 했었나 싶었다.

어머니는 잠깐 말이 없다가 다음주 토요일에 시간이 되면 집에 들르라고, 아버지가 얼굴 한번 봤으면 한다고, 요즘 적적해하는 것 같다고 얘기하고는 전화를 끊었다.

몇 번 같이 작업했던 편집자에게서 밥 한번 먹자는 연락이 왔다. 약속 장소에 나가보니 편집자 앞에 책 한 권이 보란듯 놓여 있었다. 프랑스에서는 제법 이름이 있는데 한국에는 생소한 작가가 쓴 철학적인 에세이집으로, 내용이 무척 좋다고 했다.

"저는 불어 못하는데요. 철학도 모르고요."

"영어예요. 작가가 직접 불어를 영어로 번역했어요."

"굉장하다."

"그래서 문장이 철학 어쩌고치고는 쉬워요."

둘은 점심을 먹으면서 근황을 주고받았다. 편집자는 다니던 회사를 나와 일인 출판사를 차렸다고 털어놓으며 이 에세이집을 첫 책으로 낼 계획이라고 했다. 그녀는 출간 일정에 여유가 있고, 번역료는 은영이 평소 받던 대로 쳐줄 수 있다면서 작은 회사라는 핑계로 인건비를 깎을 생각은 없다고 강조했다.

"실은 그래서 보자고 했어요. 번역자 생각하다가 은영씨 얼굴이 떠올라서. 일 많은 거 아는데, 습자지처럼 얄팍한 인연 믿고 억지로 밀어붙이는 것 같아 미안하네요."

"아니에요. 저도 믿을 만한 사람과 하면 좋죠."

화제가 번역가와 편집자의 직업병 얘기로 넘어갔을 때 은영은 요즘 피곤해서 그런지 가끔씩 눈앞에 반짝이는 빛 같은 게 보인다고 털어놓았다.

"백내장 같은 거 아니죠, 그거?"

"의사 말로는 아니라네요."

"증상이 어떤데요? 반짝거리는 게 막 떠다녀요? 비문증처럼?"

"아뇨, 그렇지는 않고……"

저 아저씨한테도 보이긴 해요. 은영은 말을 삼켰다. 구석 테이블에서 혼자 점심을 먹고 있는 과체중 남자의 이마에 새하얀 빛이 어른거렸다. 턱수염을 기른 남자는 불만스러운 표정을 띤 채 포크로 파스타 면을 감는 중이었다.

헤어지기 전 편집자가 은영에게 책을 건넸다.

"좋은 책이에요. 예전 직장에서 검토를 했었는데 팔리지 않을 것 같다면서 안 하기로 했었거든. 그때 기회 닿으면 꼭 만들어야겠다고 결심한 책이에요. 은영씨랑 하면 영광이죠. 한번 훑어보고 결정하면 연락 줘요. 은영씨 승낙하면 계약서 작성해서 등기로 보낼게요."

은영도 편집자도 이 대화가 어느 정도 의례적이라는 사실을 잘 알았다. 일을 골라 받을 수 있는 번역가는 그렇게 많지 않았다. 만나기로 한 시점에서 이미 승낙을 한 것이고, 책을 받아든 시점에서 계약서에 도장을 찍은 것이나 다름없었다. 무엇보다 은영은 바쁘지 않았다. 사고 소식을 듣고, 상황을 파악하고, 장례를 치르고, 공판에 참석하는 동안 당시 번역중이었던 책은 물론 그전에 했던 계약까지 죄다 파기해야 했으니까.

은영은 지하철을 타고 집으로 돌아가면서 책을 살펴보았다. 뒤표지에서 은영과 비슷한 나이로 짐작되는 금발 고수머리 여자가 엷은 미소를 띤 채 카메라를 바라보고 있었다. 여자의 이름은 이소벨이었고, 약력에는 대학에서 철학을 전공한 뒤 학계를 떠나 자유로운 글쓰기를 시작했다고 적혀 있었다.

며칠 뒤 계약서가 도착했다. 은영은 바로 작업에 들어갔다. 소설이라면 처음부터 끝까지 통독을 하고 나서 일을 시작하겠지만 에세이는 굳이 그럴 필요가 없을 듯했다.

서문에는 작가가 자기 책을 직접 영어로 옮긴 이유가 나와 있었다. 한 언어를 다른 언어로 번역할 때는 중요한 걸 잃게 마련이므로 그 잃어버림을 가능한 최소화하고자 직접 번역을 했다는 것이었다. 그러나 번역 과정에서 종종 이것이 자기 글이 아니라는 느낌을 받았고, 결국은 새로 글을 쓰는 기분으로 작업을 마쳤다면서 '결과적으로 두 번에 걸쳐 쓴' 이 책을 즐겁게 읽어주길 바란다고 했다.

은영은 눈두덩을 손바닥으로 문질렀다. 빛이 점점 더 자주 보였다. 어느 날 아침에는 화장실에서 양치질을 하고 있는데 거울에 비친 눈동자에 새하얀 구멍이 뚫렸다. 은영은 하마터면 양치 컵을 떨어뜨릴 뻔했다.

편집자의 말은 역시 반만 믿어야 한다. 내용 자체가 어렵다고는 할 수 없었지만 문장은 번역하기 까다로운 편이었다. 간결하지만 품위가 있고, 프랑스어 특유의 묘한 비약과 여운이 남아 있는 문장이었다. 책은 길지 않은 에세이들로 구성되어 있었는데, 널리 알려진 윤리적, 철학적 소재들에 문학적 필치를 가미하여 저자 자신의 경험, 서양 고전, 동시대의 사회경제적 사건이나 인터넷 밈과 연결하고 있었다. 이를테면 트롤리 문제 같은 것. 이쪽 철로에는 한 명이, 저쪽 철로에는 다섯 명이 묶여 있다. 당신이라면 어느 쪽으로 선로를 변경하겠는가? 이소벨은 이 문제에는 자유주의자들이 파놓은 함정이 있다면서 우리가 정말로 신경써야 하는 것은 트롤리를 모는 운전자라고 했다. 트롤리가 어느 선로로 가든 그걸 결정할 권한이 있는 유일한 사람은 운전자이니까. 우리는 쉽게 눈에 띄는 개인에게만 책임을 묻고 윤리를 따질 뿐, 그 뒤에서 실제로 무언가를 조작하고 있는 존재에 대해서는 무지하다.

은영은 몇번째 공판이었던가, 하여간 어느 오후의 법정에 앉아 있던 날을 기억했다. 그날 법정은 조용했다. 텔레비전이나 영화에서처럼 울부짖는 죄인, 냉정한 판사, 열변을 토하는 검사와 변호사는 없었다. 다들 덤덤한 표정으로 법조문과 절차를 차근차근 짚어가면서 남자의 죄를 양복 치수 맞추듯 꼼꼼히 잴 따름이었다. 물론 은영은 그게 당연하다는 걸 알았다. 법정에서 소란을 피울 수는 없었다. 모두가 소란을 피운다면 법은 제대로 집행되지 않을 것이었다. 하지만 아무도 소란을 피우지 않자 법은 동생을 살해한 자에게 관대한 쪽으로 선로를 변경했다.

만약 그 여자가 증언을 했다면 방향이 바뀌었을까?

첫 공판을 앞둔 무렵 모르는 번호로 전화가 왔다. 상대방은 자기가 그 사람의 여자친구라고 했다. 은영과 여자는 카페에서 만났다. 여자는 작고 예뻤다. 나이는 스물다섯으로 은주보다 두 살 어렸고 카드 회사에 다녔다. 그녀는 은주가 자기를 구하려 했던 것 같다고, 아니요, 그랬을 거예요, 분명해요, 라고 말했다. 골목에서 자기를 보고는 서둘러 달려오는 걸 본 것 같다고, 아니요, 그랬던 게 분명해요, 라고 말했다. 경찰서에서 조사를 받을 때는 기억에 확신이 없어 그렇게 말하지 못했다고 했다. 그러니까 만약 은주가 그녀를 도우려 하지 않았다면, 아니면 최소한 서두르지만 않았어도 은주는 차에 치이지 않았을지 모른다. 망가지지 않았을지 모른다. 은영은 자기 앞에서 눈물을 떨구는 여자를 복잡한 심정으로 바라보다가 법정에서 그 사실을 증언해줄 수 있는지 물었다. 그녀는 하겠다고 했다. 그게 자기가 붙들고 있는 유일한 동아줄인 양 절절한 눈빛으로 약속했다.

다음날 그녀가 메시지를 보냈다. 급하게 해외 출장을 가게 되었는데 언제 돌아올지 모르겠다는 것이었다. 그뒤로 그녀는 은영의 전화를 받지도, 메시지를 확인하지도 않았다. 은영은 여자가 죄책감을 덜고 싶어서, 오로지 그 때문에 자기를 만났다는 사실을 깨달았다.

은영은 부모님에게 이 일을 말하지 않았다. 그것이 부모님을 힘들게 할지 더 힘들게 할지 알 수 없어서였다. 무엇보다, 이야기를 한다 한들 달라질 게 없었다. 언젠가 적당한 때가 되면 말할 수 있을지 모른다. 적당한 때가 되면.

한동안 은영은 그날 도대체 은주가 그런 곳에서 뭘 하고 있었던 건지 곰곰이 생각해보곤 했다. 그전에 무엇을 했는지는 알았다. 은주는 친구들과 세미나를 마치고 간단히 뒤풀이를 했다. 뒤풀이를 마치고는 뿔뿔이 헤어졌다. 집으로 가는 버스를 타려면 굳이 그 골목을 지날 필요가 없었다. 그 길로 가면 정류장까지 더 돌아서 가야 했다. 그 골목을 지나가지 않았다면 아무 일도 일어나지 않았을 것이다. 적어도 은주에게는 그랬을 것이다. 누군가가 어느 날 갑자기 사라지면 그가 남긴 모든 것은 수수께끼가 된다. 그가 살아 있을 적에는 지극히 당연했던 것들, 무척이나 자연스러워 보였던 것들 전부가 해명을 기다리는 것으로 변한다. 남은 사람들은 해결할 수 없다는 걸 알면서도 언제까지고 그 수수께끼를 붙든다. 수수께끼로 남아 있는 것 자체가 의미가 되어버린 존재에 대해 생각한다. 아무 단서도 남아 있지 않은 고대의 문자가 새겨진 비석 앞에서, 해독이 불가함을 알면서도 떠나지 못하고 계속 비석을 쓰다듬는 사람처럼.

은영은 번역을 계속 했다. 이제 이소벨은 감각에 대해 이야기하고 있었다. 그녀는 어린 시절부터 늘 사과의 색깔을 보라색으로 여겨온 사람을 상상해보자고 했다('사실 그건 나일 수도 있다. 누가 알겠나?'). 잘 익은 사과는 보라색, 덜 익은 사과는 회색. 그 사람은 자기가 사람들과 다른 색을 보고 있다는 사실을 무척 늦게 깨닫거나, 어쩌면 영원히 모를 수도 있다. 왜냐하면 누군가 그 사람에게 사과가 무슨 색이냐고 물으면 그는 빨간색 아니면 녹색이라고 대답해왔으니까. 사과의 색은 빨간색 아니면 녹색이라고 배워왔으니까. 다시 말해 그 사람에게는 보라가 빨강이고 회색이 초록이니까. 하지만 아무도 그 사실을 모른다. 누구도 그 사람이 무엇을 느끼고 있는지 알 수 없기 때문이다.

또다른 예를 들면 좀비가 있겠다. 누군가가 실은 좀비인데 사람처럼 그럴듯하게 행동한다면 우리는 그가 사람인지 좀비인지 알 수 없다. 우리는 그저 겉으로 드러나는 모습을 통해 타인을 추측할 뿐이다. 박쥐의 경험을 상상할 수 없듯 좀비의 내면도 알 수 없다. 우리는 자기 자신이라는 집에 연금된 죄수인데, 이 집에는 문도 창도 없다. 나는 당신이 무엇을 느끼는지, 당신은 내가 무엇을 느끼는지 모른다. 우리는 오로지 언어라는 가느다란 실을 통해서만 연결되어 있는데 언어란 근본적으로 불완전하다. 그러니 묻겠다. 당신에게 세상은 어떻게 보이는가? 당신은 어떻게 우울한가? 어떻게 즐거운가? 어떻게 슬픈가? 혹은 어떻게 슬프지 않은가? 당신이 감각하는 슬픔이란 무엇인가? 그것은 혹시 나의 기쁨과 같은가? 아니면 나의 평정과 같은가? 우리는 어떻게 자아라는 껍데기를 부딪치는 것 이상으로 서로를 만날 수 있나?

사람처럼 그럴듯하게 행동하는 좀비. 은영의 전 연인이 이 표현을 들었다면 그가 뭔가를 깨달을 때 하던 버릇대로 무릎을 쳤을 것이다. 둘은 이 년 반을 사귀고 헤어졌다. 은영은 자신들의 사이가 한 쌍의 톱니바퀴 같다고 생각하곤 했다. 언제나 함께 움직이는, 서로가 서로에게 맞물린 관계. 만약 헤어지지 않고 계속 같이 지냈다면 결혼을 했을까? 그건 모르겠다. 장례식과 재판이 이어지는 동안 그는 은영에게 최선을 다했다. 본인도 알았고 은영도 알았다.

그는 은영에게 질려서 떠났다. 질렸다, 는 말은 그의 입에서 나온 표현이었다. 끝없이 반복되는 은영의 자기 비하와 자격지심을 더는 참을 수가 없다고 했다. 은영도 자기가 무슨 짓을 하고 있는지 알았다. 알면서도 멈출 수 없었다. 손거스러미를 집요하게 뜯어대는 기분이었다. 조그만 실수에도, 사소한 언쟁에도 자기는 살 가치가 없다는 말이 튀어나왔다. 그가 자신을 위로해주면 위로받아야 하는 스스로가 보잘것없는 존재로 느껴진다고 비관했고, 힘을 내라고 격려하면 내가 더이상 어떻게 힘을 내야 하는 거냐고 울컥했고, 화를 내면 역시 나는 이것밖에는 안 되는 사람이라고 자책했다.

그러나 눈물을 흘린 적은 없었다. 한 번도. 첫 공판을 참관하고 돌아오던 길에 은영은 공중화장실에 들어가 거울을 보며 자기 뺨을 세게 때렸다. 그래봤자 눈물샘이 완강하게 버티리라는 건 알았다. 하지만 다른 무언가라도 짜내고 싶었다. 거울 저편에서 입을 다물고 있는 저 얼굴 뒤 어딘가에 분명 뭔가 있기는 했는데 그것은 꼼짝도 하지 않았다. 분노 같은 거라도,

원통함 같은 거라도, 하다못해 아프다는 신음이라도 나오길 바랐다.

아무 일도 벌어지지 않았다.

은영의 아버지는 집에 혼자 있었다. 어머니는 산악회 모임이 있어서 아침 일찍 나갔다고 했다. 부녀는 집 앞 중식당에서 점심을 먹었다. 은영의 아버지는 재판이 끝나고 사업체 지분 전부를 동업자에게 넘겼다. 툭하면 은영을 들볶던, 그만큼 공부를 했으면 아침에 출근하고 저녁에 퇴근하는 직업을 가져야 한다는 잔소리와 언제 결혼할 거냐는 잔소리도 그만뒀다. 은영은 아버지가 그렇게 서럽게 우는 모습을 장례식 때 처음 보았다. 몇 개월 만에 아버지는 바람 빠진 풍선처럼 쪼그라들었다. 진부한 표현이라는 걸 알았지만 그보다 더 정확한 말을 찾을 수 없었다.

"상담을 받고 있다."

후식이 나왔을 때 아버지가 말했다.

"상담이요?"

"병원에서. 일주일에 한 번. 엄마도 같이 오면 좋다고 하는데 그쪽은 아직 마음의 준비가 안 됐다고 해서."

"네."

"약도 처방받고 있다. 밤에 잠이 잘 오게 해준대서."

은영은 고개를 끄덕였다. 잘된 일이었다. 그 나이대 사람들이 정신과에 대해 가지고 있는 막연하지만 완고한 불신을 감안한다면 아버지는 무척 큰 결심을 한 것이었다. 다행이어야 마땅한 일이었고, 실제로도 은영은 그렇게 생각했다. 그렇지만 은영은 마음속 어딘가에서 칼로 슬쩍 베인 듯한 배신감을 희미하게 느꼈다. 마치 아버지가 자기만 남겨두고 혼자 앞서서 걸어가고 있기라도 한 양.

물론 은영은 상담 따위 받을 생각은 조금도 없었다. 괜찮으니까. 언제나 괜찮았으니까.

"너한테는 고맙고 미안하다."

아버지가 말했다.

"넌 자기 일 하나는 늘 똑 부러지게 잘했지. 은주한테도 든든한 언니였고. 은주는 어릴 때부터 마음이 많이 약했으니까. 이번……에도 네가 없었으면 어떻게 됐을지 모르겠다. 나랑 네 엄마만으로는 끝까지 못 갔을 거다. 네가 끝까지 반대하지 않았다면 합의를 받아들였을지도 몰라."

"당연히 할일을 한 건데요."

"그냥 그 얘기를 하고 싶었다. 의사 말이 가족들에게 하고 싶은 말은 편하게 하는 게 좋다고 그래서. 말하고 나니 좋다. 네 얼굴 보는 것도 좋고."

아버지가 미소를 지었다. 억지로 짓는 서투른 미소였지만 그래도 미소였다. 삶을 어떻게든 움직여보겠다는 미소. 은영은 문득 자기가 아버지보다 나이를 더 먹은 것처럼 느껴졌다.

"후식 드세요. 다 먹고 나가서 커피 마실까요?"

은영이 말했다.

"무슨 일이에요? 설마 벌써 번역 작업 끝?"

편집자가 전화를 받자마자 말했다.

"저자 이메일 주소를 알고 싶어서요. 물어볼 게 있어서."

은영은 그렇게 말하며 벽에서 희붐하게 빛나는 동그란 빛을 바라보았다. 이제 빛들은 사방에서 깜박거렸다. 눈을 깜박여도 그뿐, 눈앞의 빛이 사라지면 다른 자리에 또다른 빛덩어리가 나타났다. 길에서도, 마트에서도, 카페에서도, 서점에서도, 은영이 움직이는 곳마다 곳곳에 하얀 구멍이 뚫려 있는 듯했다. 혹은 세상이라는 얇은 껍질에 누가 구멍을 내어서 그 안에 있던 빛이 구멍을 통해 새어나오는 것 같기도 했다. 그렇게 보자면 세상의 내면에는 공허한 빛 말고는 없는 셈이었다.

상황이 이쯤 되자 은영도 지금 자신에게 벌어지는 이 현상이 눈의 문제가 아니라는 것 정도는 알 수 있었다. 그렇다면 무슨 문제란 말인가? 아직까지는 일상생활에 큰 지장은 없었다. 아직까지는. 하지만 앞으로 어떻게 될지는 모르는 일이었다. 빛이 안개처럼 주변을 모두 덮어버려서 한 발짝도 떼지 못하게 되면 어째야 하는 걸까?

"물어볼 거요?"

"애매한 부분들이 있어서요. 인용이나 표현 같은 게."

"정리해줘요. 내가 물어볼게."

"제가 직접 묻는 게 나을 것 같은데요."

"그래도 되는지 에이전시에 확인부터 해볼게요. 질문 같은 거 싫어하는 저자도 있으니까."

다음날 오전에 편집자가 문자로 이소벨의 이메일 주소를 보내며 덧붙였다. '언제든 질문 환영이래요.'

은영은 메일 창을 열어 문서 프로그램에 미리 적어둔 질문들을 복사하여 붙여넣었다. 뜻이 분명치 않은 몇몇 구절의 의미와 에세이에서 언급하고 있는 사건의 내용('그 사건에서 정확히 뭘 절단했다는 건지 잘 모르겠습니다. 기사를 검색해봐도 안 나오네요'), 인용한 문학작품의 출처 등에 대해. 그런 다음 한동안 키보드에 손을 얹은 채 가만히 있다가 이어서 글을 쓰기 시작했다. 번역자이기 전에 독자로서 당신의 글에 큰 감동을 받았다. 더 정확히 말하면 당신의 글이 내가 지난 일 년간 겪은 일을 자꾸 떠올리게 한다. 그러면서 은영은 은주의 일에 대해 썼다. 그 일 이후 자신이 무엇을 느꼈고 어떤 생각을 했는지를. 여전히 눈물은 흘리지 않는다는 사실을. 은영은 최근에 작고 동그란 빛이 곳곳에서 보이는데 도무지 원인을 찾을 수가 없다는 말도 쓸까 하다가 저자가 자기 책의 번역자를 미친 사람이라고 생각해서는 곤란하겠다는 데 생각이 미쳤다. 은영은 당신의 책을 최선을 다해 번역할 것이며, 앞으로의 작업에 행운이 있기를 바란다는 인사말로 메일을 마무리한 뒤 전송 버튼을 클릭했다.

이소벨에게서 답장이 온 건 그로부터 삼 주 뒤였다.

메일은 두 통이었다. 하나는 '번역자에게'라는 제목으로, 은영이 질문한 사항들에 대한 답변이 적혀 있었다('프랑스에서는 나름 떠들썩했던 사건이었답니다. 분재용 가위로 남편의 성기를 절단하는 건 흔한 일이 아니죠. 제 친구는 그게 무척 일본적인 행위라고 하더군요. 혹시 〈감각의 제국〉이라는 영화를 보셨나요?').

다른 메일에는 '은영에게'라는 제목이 붙어 있었다.

'당신의 편지를 잘 읽었습니다'로 시작하는 메일에서, 이소벨은 동생을 잃은 상심이 얼마나 클지 모르겠다며 위로의 말을 건넸다. 같은 경우는 아니지만 제게도 소중한 사람을 잃은 경험이 있습니다. 그 상실감은 이루 말할 수가 없었지요. 저는 침식을 잊고 슬픔에 빠져들었습니다. 마치 슬픔이라는 쇠사슬에 묶인 광인처럼 몸부림을 쳤지요. 오랜 시간이 지나 이제 와서 생각해보면, 제가 그렇게 정신없이 슬픔에 빠져들 충분한 시간이 있었던 것이 결국 어느 정도는 행운으로 작용했던 듯합니다. 저는 슬픔 속에 제 상실을 흘려보낼 수 있었지요. 흘려보내지 못했다면 슬픔은 결국 단단한 칼이 되어 저를 계속해서 찔렀거나, 혹은 갑옷이 되어 저를 세상으로부터 차단시켰을 것입니다. 당신의 경험과 현재의 처지를 함부로 재단할 수 없기 때문에 말하기 조심스럽지만, 저는 당신에게도 그럴 시간이 필요했던 것은 아닌지, 지금이라도 필요한 건 아닌지 하는 생각이 듭니다. 제 책을 번역하는 것보다 그 일이 우선일 수도 있겠지요. 하지만 저는 당신이 제 책을 계속 번역해주었으면 합니다. 자신의 글에 공명하는 번역자를 만난다는 건 저자 입장에서 대단한 행운이니까요.

물론 인간은 서로를 완전히 이해할 수 없습니다. 저는 오래전 그 사실을 깨달았습니다. 하지만 설사 우리가 끝내 서로를 온전히 이해할 수 없다고 하더라도, 이 세상을 살아가는 우리는 아무리 희미할지언정 어떤 식으로건 서로 연결되어 있습니다. 마치 종이컵에 실을 이어 만든 장난감 전화로 속삭이는 어린아이들처럼. 당신의 번역을 기다리고 있겠습니다. 한국어 공부를 해둬야겠군요. 이소벨.

골목에 가보기로 한 건 충동적인 결정이었다. 은영은 그동안 한 번도 사건 현장을 찾지 않았다. CCTV 녹화 화면을 통해서 사건이 벌어지던 순간을 수없이 보았지만(차에 받혀 무력하게 뒤로 물러서던 은주, 무릎을 꿇은 채 머리를 부여잡고 있던 여자, 볼링 핀처럼 무너지던 쓰레기봉투들) 그 장소에 직접 가본 적은 없었다.

골목은 화면을 보며 짐작했던 것보다 좁았다. 은주가 바닥에 쓰러진 여자를 보고 걸음을 서둘렀다면 가로등과 전봇대와 재활용 쓰레기통을 지나가야 했을 것이다. 여자의 말에 따르면 은주는 무릎을 꿇고 있는 여자를 발견하고 서둘러 골목에서 뛰쳐나왔다.

하지만 막상 현장에 와보니 CCTV에서 여자가 무릎을 꿇고 있던 곳은 골목에서 제대로 보이지 않았다. 은주는 골목을 천천히 지나가면서 다시 한번 확인했다. 대부분의 지점에서 여자가 넘어져 있던 장소는 잘 보이지 않았다. 여자를 제대로 보려면 골목 거의 끝에 서 있어야 했다.

어쩌면.

은영은 그곳에 서서 생각했다. 어쩌면 은주는 여기 숨어서 그 모습을 모두 보고 있었던 건 아닐까. 남자가 여자를 때리고, 머리채를 붙잡아 휘두르고, 바닥에 내동댕이치는 광경을 모두 보고 있었던 건 아닐까. 어찌해야 할 바를 몰라서, 현장을 그대로 떠나고 싶은 마음과 무언가 해야 한다는 마음 사이에서 갈등하고 있었던 건 아닐까. 어쩌면 경찰에 전화를 걸어

신고를 하려고 했던 건 아닐까. 신고를 할 경우 자기에게 미칠 불이익이 두려워 망설이고 있었던 건 아닐까. 그러다가 남자가 차에 올라타서 시동을 걸고, 후진하고, 엔진소리가 사나워지고, 여자를 향해 달려들자 저도 모르게 여자를 구하려고 했던 건 아닐까. 혹은 차를 막으려고 했던 건 아닐까.

은주는 어릴 때부터 마음이 많이 약했으니까.

하지만 그렇다면, 애초에 은주는 왜 이 골목을 지나갔던 걸까. 무엇을 보았던 걸까. 무슨 소리를 들었던 걸까.

무엇을 느꼈던 걸까.

찬바람이 불었다. 은영은 골목을 빠져나와 큰길로 나섰다. 하늘은 구름이 끼어 흐렸다. 빛은 은영의 주변에서 이리저리 반짝였다. 무엇 하나 개운하게 해결되지 않았고, 은영은 자신이 언제까지나 이러한 상태에서 벗어날 수 없으리라는 사실을 알았다.

다시 바람이 불었다. 눈에 먼지가 들어간 것 같았다. 은영은 눈을 비볐다. 한참을 비비고 나서 눈을 떴을 때 눈앞의 수많은 빛들이 일제히 움직이기 시작했다. 빛들이 바람을 따라 움직이면서 하늘하늘 퍼져갔다. 은영은 곧 그게 빛이 아니라 눈송이라는 사실을 깨달았다. 빛과 눈송이가 한데 뒤섞여 어두운 하늘에서 내려오고 있었다. 어느 것이 빛이고 어느 것이 눈송이인지, 눈물이 고인 은영의 눈에는 분간이 잘 되지 않았다.

변함없는 기분

효주는 상진에게 전화를 걸어 오늘 윤미 선생을 만나러 갈 거라면 끝나고 극단 사무실에 들러 수조를 갖다줬으면 좋겠다고 부탁했다.

"무슨 수조?"

상진이 어리둥절해하며 되물었다.

"〈할머니〉에서 소품으로 썼던 거. 발코니 수납 칸에 있을 거야."

"소품이 왜 우리집 수납 칸에 있는데?"

효주도 정작 그렇게 된 사정은 기억나지 않아서, 둘은 머리를 맞댄 끝에 아마 재작년에 극단 사무실을 이전할 때 짐 정리를 하다가 흘러들어온 건가보다, 라고 대충 합의를 봤다. 효주는 종일 사무실에 있을 거니까 근처에 오면 연락을 달라고 했다.

"하지만 꼭 오늘 갖다줄 필요는 없어."

"아니, 어쩌라고요."

"윤미 선생 보러 안 갈 거면 집에 있어도 된다고. 솔직히 네 책임도 아닌데 모른 척해버리면 안 되나? 이참에 회사도 그냥 관두고."

"무서운 말씀을 태연하게 하시네."

"요즘 집에만 있으니까 편안해 보여서."

"집에나 들어오세요. 벌써 며칠째입니까. 씻고 다니기는 해요?"

효주는 대답 대신 어색하게 하하 웃고는 이따 보자며 전화를 끊었다. 상진은 침대에서 몸을 일으켜 휴대폰으로 시간을 확인했다. 오전 열시 칠분. 휴직을 한 뒤로 조금씩 기상 시간이 늦어지고 있었다.

휴대폰 상단 바에 빨간 확성기 모양의 아이콘이 떠 있었다. 상진은 메시지 창을 열어 자는 동안 온 안전 안내 문자를 읽었다. '116~119번 확진자(완치자 211명) 발생. 자세한 사항은 홈페이지 및 블로그를 참고하시기 바랍니다.' 약 칠 개월 전인 지난 2월 말, 바로 옆 동네에서 지역 내 첫번째 확진자가 발생했다는 문자가 온 뒤로 상진은 지금까지 받은 안전 안내 문자를 한 통도 지우지 않고 저장해두었다. 처음에는 확진자의 동선을 파악할 목적으로, 그다음에는 언젠가 이 사태가 종식되면 도미노를 무너뜨리는 기분으로 한꺼번에 지워버리리라 다짐하면서, 그러다 최근에는 사명감 비슷한 게 생겨나서였는데, 정확히 무엇에 대한 사명감인지는 본인도 아리송했다.

수납 칸 앞에 놓인 대야를 치우고 엎드리다시피 한 자세로 안쪽을 살펴보자 김장용 비닐봉지에 싸인 수조가 보였다. 상진은 비닐을 잡아당겨 거실로 들고 왔다. 봉지 입구가 분홍색 플라스틱 끈으로 단단히 묶여 있어서 가위로 비닐을 잘라 수조를 꺼내야 했다.

수조는 투명한 아크릴 제품으로, 표면에 긁힌 자국이 몇 군데 있고 먼지가 약간 쌓이긴 했지만 금이 가거나 깨진 곳은 없었다. 바닥에는 개구리알처럼 동그란 오색사가 깔려 있었고, 번듯한 조명등도 달려 있었으며, 도자기로 만든 오두막 모형 옆에는 플라스틱 물레방아가 서 있었다.

〈할머니〉, 그러니까 〈동심을 되찾은 할머니〉는 심술쟁이 할머니가 우연히 시간의 통로를 발견하여 어린 시절로 갔다가 개과천선하여 돌아온다는 내용의 아동극으로, 효주가 극단에 부대표로 합류하고 나서 처음 무대에 올린 작품이었다. 상진도 삼 년 전 가을, 반차를 내고 구청 강당에 앉아 초등학생들과 함께 공연을 관람했다. 옆자리에 앉은 남자애들이 상진이 들고 온 커다란 꽃다발을 흘끔거렸고, 상진은 괜히 으쓱해져서 이것이 어른의 세계다, 라는 표정을 지으며 턱을 슬쩍 들고 남자애들을 깔보듯 쳐다봤다.

연극 후반부의 한 장면이 특히 상진의 인상에 강하게 남았다. 극중에서 할머니는 모두에게 강짜를 부리면서도 수조에서 키우는 금붕어만큼은 애지중지하는데, 모험을 겪고 집으로 돌아와보니 누군가 금붕어를 훔쳐갔고, 그래서 큰 실의에 빠진다. 할머니가 수조 앞에서 허탈한 표정으로 눈물을 훔치는 장면에서 조명이 할머니를 살짝 비켜나 물만 담긴 채 은은하게 빛나는 수조를 비추었다. 나중에 상진이 그 장면에 대해 말하자 효주는 그 연출은 자기 아이디어였다며 쑥스러워했다. 다만 금붕어의 행방은 오리무중으로 남아서, 상진이 결국 금붕어는 누가 훔쳐간 거냐고 묻자 효주는 어, 그러게, 라며 고개를 갸우뚱했다.

상진은 수조에 어댑터를 끼워 콘센트에 연결했다. 전등은 빛났지만 물레방아는 돌지 않았다. 잠시 멀거니 물레방아를 바라보던 상진은 자리에서 일어나 외출 준비를 했다.

효주의 말이 아니더라도 확실히 내키지 않는 일이었다. 이 모든 게 대표의 '시대정신' 때문이라는 데 생각이 미치면 더 그랬다.

상진의 직장은 대표까지 모두 직원이 아홉 명인 팟캐스트

제작사로, 각 분야의 '콘텐츠 크리에이터'들을 초빙하여 대중 문화와 패션, 인문 교양 등을 주제로 하는 온라인 오디오 방송을 만들었다. 초기에 론칭했던 〈김밥의 3분 푸드〉와 〈포키포키의 네게서 뷰티가 난다〉 등이 나름 인기를 끌면서 회사 인지도가 올라갔고, 상진은 심리학(〈오박사의 회전문 상담〉)과 인문학(〈장현 선생의 인문학 책꽂이〉) 콘텐츠 기획과 진행 담당 프로듀서로 근무했다.

다른 많은 업체와 마찬가지로 상진의 회사 역시 상반기에 코로나로 진통을 겪었다. 대표는 한참을 미적거리다가 매일 두 번 화상회의를 하는 조건으로 마지못해 재택근무를 실시했다. 한동안은 다들 헤맸다. 첫번째 회의에서 푸드 콘텐츠 팀장은 사생활을 침해당하기 싫다며 회의 내내 카메라를 천장 방향으로 고정시켰다. 방송 제작도 난항을 거듭했다. 스튜디오를 사용하지 못하게 되자 진행자들이 집에서 각자 휴대폰으로 녹음한 음성 파일을 받아 편집했는데, 파일을 재생하면 고양이 우는 소리, 컵에 물 따르는 소리, 손톱으로 책상을 두드리는 소리 등이 또렷이 들렸다. 코로나 확산세가 조금 잦아들어 다시 사무실 업무가 가능해지자 대표는 눈에 띄게 안도했다.

하지만 팬데믹과는 무관하게 과연 마냥 안도할 상황인지는 의문이었다. 몇 년 전부터 유튜브가 대세라는 건 모두가 알았다. 〈김밥의 3분 푸드〉도 〈포키포키의 네게서 뷰티가 난다〉도

계약이 종료되자마자 진행자들이 유튜브로 떠나 팟캐스트 시절보다 훨씬 많은 구독자를 확보했다. 돌파구가 필요했다. 사람들이 대표에게 정치 팟캐스트를 해보자고, 그 분야는 기본적으로 고정 청취자 층이 있다고 어필했지만 대표는 그런 데 손을 대면 순수한 미디어 크리에이티브 콘텐츠 기업이라는 회사의 정체성이 훼손될 것이라는 신념을 굽히지 않았다.

"이러다 명예로운 죽음을 맞을까 걱정이에요."

상진과 친하게 지내던 회계 담당 유준씨가 같이 점심을 먹다가 말했다.

"명예로운 죽음?"

"회사가 트렌드를 못 따라가서 무너지는 건데 사람들한테는 코로나 때문에 어쩔 수 없이 문 닫은 것처럼 보일 거잖아요. 그게 명예로운 죽음이지. 우리야 이러나저러나 이름도 명예도 없이 죽겠지만."

그럴싸한 얘기라서 상진은 고개를 끄덕였다. 광화문에서 마스크도 안 쓴 사람들이 모여 집회를 개최한 지 열흘도 안 지난 시점이었고, 둘은 한마음으로 그 집회 참석자들을 성토하던 중이었다.

"그렇다고 대표님이 뭐 깃발 같은 거 흔드시는 분이라는 건 아니고요."

유준씨가 얼른 수습했다.

"본인 말씀으로는 합리적 보수시니까."

식사를 마치고 커피를 마실 때 유준씨는 상진만 알고 있으라면서 대표가 작년에 회사 운영에 써야 할 돈을 끌어다가 여행 사업에 투자했다고 귀띔했다.

"환장할 일이죠. 하필 여행 사업에. 그렇게 따지면 회사가 힘든 게 코로나 때문인 것도 맞는 말이긴 해요. 그래도 대표님은 건물 있으니까, 뭐."

"건물이요?"

"우리 회사 건물. 대표님 거잖아요."

유준씨가 예전에도 자기가 이 얘기를 한 적 있었지 않느냐는 양 '물'과 '요'의 억양을 위로 올렸다.

그래서 대표가 경영상의 난관을 이유로 상진과 다른 두 명의 직원에게 무급 휴직을 권고했을 때 상진은 놀라지 않았다. 휴직 기간은 일단 구십 일로 잡았지만 투자 유치가 되는 대로 복직이 가능할 거라고, 힘들겠지만 이해하고 믿어달라고 대표는 말했다. 여행 사업 이야기를 제쳐놓고 보면 합리적인 결정이라서 반박이 힘들었고, 그 속사정은 셋 중에 상진만 알았다. 상진이 휴직에 동의하면서 심리학과 인문학 콘텐츠 업무는 음악과 게임 팀으로 넘어갔다.

다시 한번 그래서, 대표가 휴직 권고 후 한 달도 안 되어 전화를 걸었을 때 상진은 놀랐다. 설마 벌써 투자 유치를 받은 걸까? 정말로 복직 약속을 지킬 생각이었다고? 하지만 상진이 전화를 받자 대표는 의례적인 안부 인사도 없이 다짜고짜 본론으로 들어갔다.

"윤미 선생하고 최근에 연락한 적 있어요?"

대표가 따지듯 말했다. 뜬금없는 이름이 튀어나오자 상진은 또 놀랐다.

"아뇨."

"페이스북 팔로우는 안 했고? 아니, 잠깐, 됐다. 기다려요. 내가 링크 보낼게."

전화가 끊어지고 잠시 후 대표가 보낸 문자메시지가 도착했다. 링크를 누르자 윤미 선생의 페이스북 페이지로 연결되었다. 상진은 게시글의 첫번째 줄을 읽자마자 무슨 일인지 알아차렸다. 뜻밖이긴 했지만, 놀랐다기보다는 올 게 왔다는 심정에 더 가까웠다.

상진은 옷을 챙겨 입고 마스크를 썼다. 수조가 제법 무거워서 양팔로 수조를 끌어안듯 들고 옆걸음으로 계단을 내려가야 했다. 차 뒷좌석에 수조를 흔들리지 않게 고정시킨 다음 운전석에 앉아 시동을 걸고 엔진 회전수가 떨어질 때까지 기다리는 동안 내비게이션 기록을 살펴보았다. 작년 가을에 윤미 선생이 근무하는 학교로 미팅을 하러 갈 때 입력했던 주소가 어쩌면 아직 남아 있을 것이다.

다행히 기록이 남아 있었다. 상진은 경로를 설정하고 차를 출발시켰다.

시내를 벗어나 국도를 타면서 상진은 윤미 선생과 공동 교수 연구실에서 만났던 날을 떠올렸다. 윤미 선생은 현재 장현 선생이 맡고 있는 〈인문학 책꽂이〉의 전 진행자였다. 대표 지인의 소개로 알게 된 사십대 후반의 여성으로, 한 사립대학의 겸임교수로 재직중이며, 인터넷 서점에 활발하게 책 리뷰를 올려서 이 년 연속 파워 블로거에 뽑힌 이력이 있었다.

처음 만날 날부터 상진은 윤미 선생의 어법을 한 단어로 설명하자면 언중유골일 것이라 생각했다. 조곤조곤하지만 빠른 말투와 울림이 있는 목소리에 명확한 발음으로 "진정한 친환경은 인류의 멸종이라잖아요"라든가 "아시겠지만 한국 사회는 불가역적 계급사회잖아요. 그러니까 〈기생충〉 같은 영화가 나오죠" 같은 말을 하는 걸 듣고 있다보면 상진은 문득 십수 년 전으로 돌아가 대학 강의실에 앉아 있는 것 같은 감상에 빠지곤 했다. 그래도 방송에는 적극적이어서 미팅을 하는 동안 아이디어도 많이 냈고, 프로그램의 성격도 충분히 숙지한 듯 보였다.

"어디까지나 쉽고 재미있게, 그렇죠?"

하지만 윤미 선생의 언중유골 본능 때문에 책 선정과 방송

과정에서 아슬아슬한 순간이 하나둘 생겨났고, 그렇게 조금씩 누적되던 문제는 〈인문학 책꽂이〉 12회에서 터졌다. 상진이 전체 회의에서 『전태일 평전』을 소개하겠다는 기획안을 발표했을 때 대표는 한참 말없이 앉아 결재용으로 쓰는 몽블랑 만년필로 귀 뒤를 긁다가 상진에게 과연 이 책이 오늘날에도 우리 모두가 꼭, 반드시, 절대로, 기필코, 끝끝내 읽어야 하는 책이냐고 물었다. 다 아는 내용 아니냐고, 새삼 지금 다뤄야 할 이유가 뭐냐고 했다. 상진은 이미 시간의 검증을 충분히 거친 고전이고, 청소년 독서 토론이나 중고등학교 논술 수업에서도 자주 참고하는 도서이니만큼 한 번쯤 다루어봐도 좋을 것 같다고 대답했다.

"제가 묻는 건 고전이냐, 참고 도서냐, 그게 아니에요. 세상에 이 책만 고전이고 참고 도서예요? 아니잖아요."

대표가 말을 이었다.

"나는 시대정신 이야기를 하는 겁니다. 이 책이 오늘날의 시대정신에 부합하느냐 이거예요."

다시 침묵이 흘렀다. 직원들이 눈짓을 주고받았다.

"이렇게 합시다."

대표는 『전태일 평전』을 소개하는 대신 이 책과 '정확히 반대되는'(대표는 이 말을 하면서 양손의 검지와 중지를 까닥였다) 입장의 책도 같이 다루고, 소개 시간도 '정확히 절반씩'(여기서도 그랬다) 배분하는 것으로 하자고 했다. 상진은 한 꼭지에 책 한 권을 다루는 게 원칙이라고 했지만 대표는 물러서지 않았다. 세상 모든 것에는 균형이 있어야 한다는 것이었다. 정확하고 올바른 균형이.

"〈어벤저스〉에 나오는 타노스 알죠? 거기서 타노스가 하는 짓이 뭐예요. 자기만의 사상에 빠져서 균형을 맞추겠다고 인류 절반을 날려버렸잖아요. 한쪽만 남기는 건 균형이 아니지."

논의 끝에 결국 원칙을 바꿀 수는 없으니 기획안을 변경하기로 결론이 났다. 상진은 윤미 선생에게 사정을 설명했고, 소개 도서는 『사피엔스』로 대체되었다. 사내 점심시간에 이 문제로 토론이 벌어졌다. 한 직원이 『전태일 평전』은 자기도 고등학교 때 읽었다며 서점에서 멀쩡하게 파는 책인데 왜 그렇게 과민반응을 하는지 모르겠다고 하자 다른 직원이 자기는 대표님 생각이 이해가 간다고 했다. 특정 사상에 편향된 책을 소개하는 것이 대표님 입장에서는 부담이 되지 않겠냐면서, 굳이 그런 책을 다루겠다면 공정하게 양쪽 입장을 다 보여주는 게 옳다는 것이었다. 오가는 대화를 듣고 있던 또다른 직원이 물었다.

"근데 전태일이 누구예요?"

방송이 나가고 대표는 상진에게 문자를 보냈다. '상진씨, 우리는 시대정신에 발맞춰야 해요. 돌아보거나 뒤처지면 안 됩

니다.'

그로부터 이틀 뒤 윤미 선생이 방송을 그만두겠다고 통보했다. 꾹꾹 눌러쓴 듯한 문장으로 채워진 윤미 선생의 메일에는 이번 회차와 관련된 귀사의 태도에 깊이 실망했으며, 이런 식으로 대표가 책 선정에 개입하는 경우가 한두 번이 아니었다는 사실이 절망스럽고, 방송을 중단하는 것은 전적으로 귀사의 책임이며, 자신의 결정은 불가역적이므로 계약을 해지해주길 바란다고 적혀 있었다.

메일을 읽는 동안 상진은 윤미 선생의 목소리가 들리는 듯했고, 그 통보에 '귀사'와 대표뿐 아니라 자신에 대한 비난도 담겨 있다고 느꼈다. 대표는 상진에게 보고를 듣자 바로 계약을 해지하라고 지시했다. 그러고 나서 곧장 다른 지인에게 전화를 걸어 새 진행자를 물색했다. 시와 경영학을, 베토벤과 나훈아를 동시에 사랑한다는 경영학 교수인 장현 선생이 섭외 요청을 받고 흔쾌히 승낙했다.

그게 작년 12월의 일이었다. 바이러스가 아니라 미세먼지를 막으려고 마스크를 쓰던 해의 일.

윤미 선생이 페이스북에 적은 글이 바로 이 사건에 대한 것이었다. 당연한 일이겠지만 그 글에서 사태의 모든 책임은 도서 내용을 검열한 회사에, 더 근본적으로는 대표의 시대착오적인 사상에 있었다. 상진은 윤미 선생이 자신을 언급한 대목을 머릿속으로 되새겨보았다. '프로듀서 B씨의 선의를 믿습니다. 그는 최선을 다했어요. 하지만 그도 궁극적으로는 시스템의 일부이자 강압적 조직의 일원인 이상 책임에서 온전히 자유로울 수는 없습니다.'

그 시스템의 궁극적 일부이자 강압적 조직의 일원이 지금 글쓴이에게 글을 내려달라고 요청코자 차 뒷좌석에 아동극 소품용 수조를 올려놓고 안전 운전에 최선을 다하는 중이었다. 대표는 거의 열 달 가까이 지난 일을 새삼 끄집어내는 저의가 무엇인지는 모르겠지만 아무튼 무조건 글을 내리도록 설득하라고, 필요할 경우 법적 조치를 취할 수도 있다는 점을 분명히 고지해놓으라고 지시했다.

저지르는 사람과 수습하는 사람은 따로 있게 마련이고, 그건 수습될 가망이 없는 일이라도 마찬가지다. 상진이 부탁한다고 윤미 선생이 바로 글을 내릴 리는 없다. 글을 내리라느니 법적 조치를 취하겠다느니 따위의 얘기는 전화나 이메일로 주고받아도 충분하다. 요즘 같은 때는 더. 결국 대표가 상진에게 맡긴 건 욕받이 역할인 것이다. 일단은 이 정도로 분을 푸시죠, 라는.

그냥 모른 척하는 편이 나았을지도 모른다. 전화도 문자도 무시하고, 휴직이 길어져서 구직중이라고 하면서. 유준씨도 회사 형편이 호전되기는 어려울 거라고, 그러니 다른 일자리를 알아보는 편이 나을 거라고 대놓고 충고를 해줬었다. 그럼에도 내키지 않는 마음으로 이렇게 움직이는 건 달리 무슨 방법이 있겠나 하는 막연한 무력감 때문일 것이었다. 지금 시국에 이직이 쉬울 리 없었다. 복직도 장담할 수 없었지만.

수많은 생명과 일터가 속절없이 무너져내리는 과정을 인터넷을 통해 목격하며 공포에 가까운 감정에 휩싸였던 지난봄, 상진과 효주는 자의 반 타의 반으로 집에 갇힌 채 그동안 사놓기만 하고 뜯지도 못했던 보드게임 상자들의 포장을 하나둘 풀면서 과연 지금 이 상황이 오래된 세계의 끝을 의미하는지 아니면 새로운 세계의 시작을 의미하는지 토론하곤 했다. 어느 쪽도 가능해 보였고, 둘 다 옳지 않아 보이기도 했다. 세상이 과연 그렇게 쉽게, 순식간에, 영원히 바뀌는 것이 가능할까? 그런 생각은 지나치게 안이한 듯했다. 변하지 않는 것은 변하지 않는다. 『전태일 평전』에 대한 대표의 생각과 바이러스의 존재 유무는 상관이 없을 것이다. 윤미 선생의 언중유골 본능이 화상회의를 한다고 억제되지도 않을 것이다. 하지만 한편으로 우리를 우리답게 유지하도록 해줬던 수많은 것들이, 언제까지도 변치 않을 것 같았던 것들이 참으로 간단하게, 마치 티슈로 닦이는 입가의 케첩처럼 사라지고 있었다.

상진도 상진이지만 효주의 걱정도 이루 말할 수 없었다. 효주의 메일함에는 공연 연기와 취소 통보 메일이 쌓여갔고, 한

동안 효주는 식사도 거르면서 바이러스의 확산 상황에 촉각을 곤두세웠다. 정말 운이 좋게도 효주의 극단이 새로 제작한 레퍼토리가 문화재단 지원 사업에 선정되어서 올해는 어찌어찌 넘길 수 있을 듯했지만 현상황이 지속된다면 내년에는 어떤 것도 장담할 수 없었다.

"이럴 때는 경주마처럼 사는 수밖에 없어."

효주가 말했다.

"양옆이 안 보이게 눈가리개를 하는 거지."

확실하고 가차없는 건 시간뿐이었다. 휴직 후 상진의 시간은 농도가 묽어졌다. 상념이 많아지고 생활의 속도가 느려졌다. 샤워를 하고 나서 거울 앞에 서면 상진은 자신이 변변찮게 나이를 먹고 있다는 사실을 직면해야 했다. 굵어야 할 부분은 가늘었고 얇아야 할 부분은 두꺼웠다. 이직과 야근으로 담금질을 당한 다크서클은 사라질 가망이 없었고, 수염을 아무리 깨끗이 깎아도 인중에 거무스름한 흔적이 남았다. 상진은 필멸을 향해 볼썽사납게 나아가는 중이었다. 바이러스가 없었어도 그랬을 것이었다.

문득 〈회전문 상담〉을 진행하는 오박사가 청취자들의 사연을 읽던 중 했던 말이 떠올랐다. 모든 증상은 원인이 아니라 결과입니다. 어떤 증상으로 인해 고통스러운 것이 아니라 자기에게 있는 줄도 몰랐던 고통이 몸으로 나타나는 것이 증상이에요. 그래서 삶은 고통의 연속이 아니라 증상의 연속입니다. 그게 삶이라는 걸 받아들여야 해요. 이 얘기를 방송 녹음 중에 들었을 때 워낙 말이 그럴듯해서, 상진은 한순간 오박사의 '박사'는 그저 인터넷에서 쓰는 닉네임일 뿐이고 마이크 앞에 앉아 있는 저 사람이 자기 분야에서 딴 것이라고는 민간 기관에서 온라인 교육을 수료하여 발급받은 심리 상담 자격증이 전부라는 사실을 잊어버릴 정도였다.

한 시간 뒤 상진은 윤미 선생이 근무하는 사립대학 주차장에 차를 세웠다. 인문대학 건물로 들어가려는데 입구를 지키고 있던 경비원이 상진을 불러 세우고는 유리문에 붙여놓은 공지를 손으로 가리켰다. 공지에는 '방역을 위해 불필요한 외부인의 출입을 통제합니다'라고 적혀 있었다. 상진이 용건을 설명하자 경비원은 경비실로 들어가 어디론가 전화를 걸었다.
"전화 안 받는데."
상진은 당황하여 윤미 선생의 휴대폰으로 두 번 전화를 걸었지만 모두 연결음만 한참 이어지다 음성사서함으로 넘어갔다. 상진은 입구를 서성였고, 경비원은 미심쩍은 눈으로 상진을 바라보았다.
그때 상진의 휴대폰으로 전화가 왔다. 전화를 받자 윤미 선생이 곧 내려갈 테니 기다려달라고 했다. 잠시 뒤 윤미 선생이 입구에 나타났고, 상진은 휴대폰으로 큐알 코드를 생성해 단말기에 인식시키고 열 감지 카메라 앞에서 체온을 잰 다음 건물 안으로 들어갔다.

"수업이 좀 늦게 끝났어요. 학생들 질문 받다가."

둘은 엘리베이터를 타고 삼층에서 내려 복도 끝에 있는 공동 연구실로 갔다. 연구실 문 옆에 시간표가 붙어 있었는데, 강의 시간을 표시하는 짙은 회색이 월요일부터 금요일까지 빼곡히 들어차서 흰 부분이 거의 보이지 않았다.

연구실 안에는 독서실에서 사용할 것 같은 칸막이 책상 세 개가 간격을 두고 놓여 있었다. 한 책상에는 난초 화분과 조그만 불상, 복숭아 캐릭터 모양의 쿠션이 놓여 있었고, 그 옆의 책상은 텅 빈 채 먼지만 쌓여 있었다. 구석에는 공용 컴퓨터와 레이저프린터, 내선 전화기, 소형 냉장고, 캡슐 커피 머신이 있었고, 문 안쪽에는 '공동생활 규약'이라는 제목의 인쇄물이 붙어 있었다. '마지막으로 퇴실하시는 분은 전원 스위치를 다시 한번 확인해주시기 바랍니다. 이 인 이상이 연구실을 쓸 경우 반드시 마스크를 착용하고 일정 시간 환기를 시켜주시기 바랍니다.'

"커피 드시겠어요?"

"괜찮습니다."

윤미 선생은 더 권하지 않고 연구실 문을 반쯤 열어 나무쐐기로 고정시킨 다음 창가 책상에 앉았다. 책상 위에 웹캠을 설치한 노트북이 있었고, 책장에는 책이 수북이 꽂혀 있었다. 상진은 빈 책상의 의자를 끌어다 윤미 선생의 곁에 앉았다.

"여기 많이 변했죠? 기억나요?"

윤미 선생이 입을 열었다.

"납니다. 작년에 찾아뵀을 때는 책상만 있었는데."

"솔직히 여기가 그렇게 넓은 방은 아니잖아요. 근데 제가 처음 여기 들어왔을 때 든 생각이 좁고 황량하다는 거였어요. 좁은데 황량할 수가 있더라고요."

"지금은 아늑해 보이는데요."

"제가 여길 떠날 때가 되니까 그런 거예요. 동네도 그렇잖아요. 꼭 자기가 이사갈 때쯤 되면 스타벅스가 생기고 없던 맛집이 들어오고 그러죠."

상진은 뭐라 대꾸를 해야 할지 알 수 없어서 가만히 있었다. 윤미 선생이 상진을 지그시 바라보았다.

"오지 않으셔도 된다고 했는데 애써 먼길 오셨으니 말씀은 들어봐야지요. 준비하신 게 있겠죠?"

상진은 운전하는 동안 머릿속으로 정리한 얘길 꺼냈다. 우선 심려를 끼쳐 죄송하다. 선생님이 올리신 글을 읽어봤는데 그 일로 많이 서운해하고 계신다는 걸 느낄 수 있었고, 저희 쪽의 배려가 부족했다는 점도 잘 알 수 있었다. 다만 선생님이 쓰신 글 때문에 현재 회사의 처지가 난처해졌다. 아시다시피 올해는 모두 힘들었고 앞으로의 전망도 불확실하다. 저 역시 경영난으로 무급 휴직중이다. 이런 상황에서 회사 운영에 타격을 받으면 휴직중인 사원들의 복직도 불투명해질 수 있다. 저희와 협업하는 크리에이터들도 걱정을 하고 있다. 그러니 다시 생각해주시길 바란다. 흡족하지 않으실지 몰라도 제가 다시 한번 진심으로 사과드리겠다.

말을 마친 뒤 상진은 머리를 숙였다. 상진이 말을 하는 동안 윤미 선생은 미동도 없이 꼿꼿이 앉아 귀를 기울이다가 상진이 고개를 숙이자 손을 내저었다.

"피디님께 이런 식으로 사과받을 일은 아니니까 그러지 마세요. 아무튼 준비를 좀 해오시긴 했는데, 그게 피디님께 들을 말은 아닌 것 같아요."

"아……"

"방금 제게 하신 말씀을 회사 공식 홈페이지에 대표님 명의로 일주일간 올려주세요. 접속하면 가장 먼저 볼 수 있게 팝업으로. 인스타그램과 페이스북, 트위터에도 같은 내용으로 올려주시고요. 그러면 글 내릴게요."

"선생님, 그건 제가……"

"결정할 수 있는 게 아니겠죠. 대표님께 그렇게 전해주시면 돼요. 실은 얼마 전에 사과를 바란다는 제 뜻을 개인적으로 명확히 전달했는데 별 반응이 없으시더라고요. 그래서 할 수 없이 그 글을 쓴 거예요. 저는 피디님께서 오신다고 하셔서 대표님의 뜻을 전달하려나 싶었는데 그게 아니었네요."

상진은 멍하니 윤미 선생을 보았다.

"대표님께 말씀을 하셨다고요."

"네."

"그런데 아무 반응이 없었고요."

"그렇게 된 거죠."

"그게 언젠가요?"

"보자…… 한 달쯤? 그 정도 됐어요."

상진은 한숨이 나오려는 걸 꾹 참았다.

"저는 몰랐습니다. 그러면 일단 글을 비공개로 돌려주실 수는 없을까요? 제가 대표님께 다시 건의를 해보겠습니다. 아마 바빠서 바로 답을 못해주신 것 같네요."

"비공개로요?"

"숨통을 잠깐이라도 틔워주십사 하는 겁니다."

윤미 선생이 팔짱을 끼고 생각에 잠겼다. 상진은 기다렸다. 연구실 밖 복도에서 한 여학생이 누군가에게 거기 안 서면 죽일 거라고 외치는 목소리가 쩌렁쩌렁 울렸다.

"사과하겠다는 입장을 대표님께서 먼저 제게 전해주세요. 문자건 전화건. 그럼 사과문이 올라올 때까지 글을 비공개로 돌려놓을게요."

"선생님께서 먼저 조금만 도와주시면……"

"그러고 싶은데 제가 여러분에 대한 신뢰가 좀 부족하거든요."

"선생님."

"네?"

"굳이 지금 이 시기에 이러셔야 할까요?"

윤미 선생이 쓴웃음을 지었다. 마스크에 가려져 입 모양이 안 보였지만 눈매가 그랬다.

"그럼 언제 할까요? 백신 나오면?"

상진은 신발 안에서 발가락을 꼼지락거렸다. 이제 여기서 더 할 수 있는 일은 없었다. 아니 그것보다, 결국 자기들끼리 해결할 수 있었던 문제 아닌가? 그래서는 안 된다고 생각을 하면서도 상진의 마음속에 윤미 선생에 대한 미움이 희미하게 싹텄다. 대체 나는 여기서 뭘 하고 있는 걸까? 나를 이렇게 대해서는 안 되지 않을까? 불현듯 상진의 마음속에서 정말로 하고 싶은 말, 진심에서 우러난 말이 생겨났다. 상진이 심호흡을 하고 윤미 선생에게 그 말을 하려는데 등뒤에서 노크 소리가 들렸다.

"학생 상담중이신가요?"

가무잡잡한 피부에 폴로셔츠를 입고 서류철을 든 남자가 윤미 선생에게 말했다.

"아뇨. 손님이 와서요. 무슨 일로……"

윤미 선생이 말을 멈추고 아, 하더니 상진에게 잠시만 기다려달라고 말하고는 문을 닫고 복도로 나갔다.

문이 닫히자 연구실이 조용해졌다. 상진은 어쩐지 머쓱해져서 하릴없이 연구실을 둘러보았다. 좁은데 황량해요.

문득 윤미 선생의 책상 안쪽에 붙어 있는 사진이 눈에 띄었다. 상진은 일어나서 사진을 살펴보았다. 유럽 어딘가를 배경으로 윤미 선생이 젊은 남자와 나란히 서 있는 사진이었다. 햇빛 때문에 눈을 찌푸리고 있었지만 두 사람 다 얼굴에 웃음이 가득했다.

"아니, 근데 그건 어디까지나 교수님 주장이실 뿐이고요. 저희가 몇 번이나 설명을 드렸잖아요. 그렇게 고집부리신다고 될 일이 아니라니깐요."

상진은 깜짝 놀라 뒤를 돌아보았다. 문은 여전히 닫혀 있었지만 남자의 윽박지르는 듯한 목소리가 워낙 커서 연구실 안까지 다 들렸다. 뒤이어 윤미 선생이 말했는데, 그 말은 알아들을 수 없었다. 남자가 다시 말했다. 조금 전보다는 누그러진 어조였다.

"유선상으로도 누차 말씀을 드렸지만 저희가 행정적으로 배려해드릴 수 있는 건 딱 거기까지고요. 정 변경을 원하시면 그

건 어디까지나 개인적으로 처리를 하셔야 해요. 제가 담당자 전화번호 적어드릴 테니까 그쪽으로 연락을 해보세요. 그러니까 다시 말씀드리는데, 이 문제는 저희 손을 완전히 떠난 겁니다, 네? 완전히요, 교수님."

윤미 선생이 또 무언가 말했다. 신경써줘서 고맙고 자꾸 귀찮게 해서 미안하다는 말인 것 같았다. 복도가 조용해졌다. 상진은 얼른 자리에 앉았다. 윤미 선생이 문을 열고 들어와 처음처럼 나무쐐기를 문틈에 집어넣고는 책상 앞에 앉았다. 손에 반으로 접은 메모지를 쥐고 있었다.

잠시 침묵이 흘렀다. 상진이 조금 전까지 하고 싶었던 말은 어느새 설탕이 물에 녹듯이 사라졌다. 상진은 대신 다른 얘기를 꺼냈다.

"아드님이신가요, 저기 저 사진?"

"맞아요. 그런데 이런 상황에서 우리 애 얘기를 하니 꼭 협박 같네요."

"아니, 저는……"

"농담이에요. 어차피 뭘 어쩌실 수도 없을 테니까. 지금 프랑스에 있거든요. 니스에."

"니스요?"

"가보신 적 있나요?"

"아뇨. 없습니다."

"한번은 아이가 빵을 사러 나갔는데 모르는 사람이 자기에게 침을 뱉으면서 그러더래요. 병균 퍼뜨리지 말고 너네 나라로 돌아가라고. 하지만 꿋꿋이 버티고 있죠."

"그렇군요."

윤미 선생이 사진을 보고, 다시 상진을 보았다. 눈매가 조금 너그러워졌다. 윤미 선생의 등뒤로 보이는 하늘은 구름 한 점 없이 맑았다. 열어둔 창으로 여름의 잔열이 남아 있는 미적지근한 바람이 불어왔다.

"저는요, 사람들이 사과를 하지 않는 데 지쳤어요."

윤미 선생이 말했다.

"아무도 사과를 하지 않아요, 아무도. 세상이 아무리 변해도 그건 변하지 않아요."

상진은 대답하지 않았다. 대답을 바라는 말이 아니라는 걸 알았기 때문이었다. 윤미 선생이 콧등을 누르며 마스크를 고쳐 썼다.

"그러니까 제 행동의 이유를 따지려 하지 마시고, 해결 방법만 고민해주셨으면 좋겠어요."

효주는 극단이 입주해 있는 오층 빌딩 앞에서 자주색 트레이닝복 차림에 마스크를 쓴 채 상진을 기다리고 있었다. 상진은 갓길에 차를 대고 수조를 꺼내 길에 내려놓았다.

"이거 좀 지키고 있어. 차 세우고 올게."

상진은 근처 대형마트 주차장에 차를 세운 다음 빌딩 앞까지 걸어서 돌아왔다. 와보니 길에는 수조도 효주도 보이지 않았다. 상진은 빌딩 지하로 내려가 귀여운 호랑이 마스코트가 붙어 있는 사무실 문을 노크하고 안으로 들어갔다.

"내가 들고 오려고 했는데."

"별로 안 무겁던데? 저기 앉아. 정신없지? 진짜 청소 한번 해야겠다. 나도 못 견디겠네."

하지만 사무실이 말끔하게 정리된 적은 한 번도 없었다. 상진은 책상 위에 있는 손 소독제를 손에 바른 다음 스툴에 쌓인 전단지를 치우고 앉아 두 손을 깍지 끼듯 잡았다. 사무실은 작년 말에 왔을 때와 달라진 게 거의 없었다. 공연 포스터, 일정 기록용 화이트보드, 공연 후 찍은 단체사진, 사무용 책상, 컴퓨터, 촬영 장비, 텁텁한 공기 모두 익숙했다. 그때는 여기서 송년회를 했고, 사람들은 다음해를 기약하며 건배를 했다.

수조는 구석에 마련된 소품용 작업대 위에 놓여 있었다. 수조 옆에 놓인 산타클로스 복장이 상진의 눈에 띄었다.

"그게 그……"

"응. 괴도 산타."

효주가 산타클로스 모자를 들어 상진에게 보여줬다. 모자 양옆에 달린 끈에 눈과 입이 뚫린 검은색 복면이 매달려 있었다. 효주의 설명에 따르면 〈괴도 산타〉는 매년 크리스마스이 브마다 산타클로스 복장을 하고 전국을 돌아다니며 집을 터는 괴도 산타를 학교에서 따돌림을 받던 세 친구가 힘을 합쳐 체포한다는 이야기였다. 문화 재단의 지원을 받은 것이 이 레퍼토리였고, 재단 규정상 올해 안에 무대에 올리지 못하면 지원금을 반환해야 할 수도 있었다.

"괴도 산타는 누가 해?"

"근평씨."

"근평씨는 잘 지내고?"

"잘 지내. 부업으로 하던 배달 라이더가 본업이 되긴 했지만. 윤미 선생 일은 어떻게 됐어?"

상진은 연구실에서 있었던 일을 간단히 설명했다.

"그럴 줄 알았다. 작정하고 지른 건데 순순히 물러날 리가 없지. 괜히 쓸데없이 왔다갔다 고생만 했네. 대표는 뭐래?"

"안 좋아하지."

상진이 대학 주차장에서 대표에게 전화를 걸어 윤미 선생이 한 말을 보고하자 대표는 한동안 말이 없더니 미친년, 이라고 중얼거리고는 상진에게 내일 출근하라고 했다. 이 문제를 해결해야 한다는 것이었다. 상진이 그럼 휴직이 종료된 거냐고 묻자 대표는 그 얘기는 일단 내일 나와서 하자고, 지금 중요한 건 그게 아니라면서 전화를 끊었다.

상진은 이 얘기는 효주에게 하지 않기로 했다. 길길이 뛸 게 뻔하니까.

"이거 공연이 언제랬지? 12월……"

상진이 화제를 돌렸다.

"3일부터 10일. 제목부터 이렇다보니까, 뭐. 차라리 상황이 지금처럼만 돼도 좋은데 그때 가서 관객 공연이 어려워지면 온라인 생중계라도 할 거야."

"너 저번에 그런 거 해도 사람들 많이 안 본다며."

"아예 못하는 것보다는 나으니까. 그리고 방학 숙제를 노리는 거야."

"방학 숙제?"

"숙제로 나가면 애들이 와서 보거든."

상진은 고개를 끄덕였다. 익숙하고 편안한 침묵이 흘렀다. 그때 갑자기 아까 학교에서 윤미 선생에게 하려고 했던 말이 떠올랐다. 그러자 마음속 어딘가에서 마치 빙하가 갈라지듯이 쩡, 하고 뭔가 깨지는 소리가 들렸고, 거기서 생겨난 진동이 온몸으로 퍼지는 것 같은 느낌이 들었다. 다시 한번 쩡, 하면서 진동이 퍼졌다. 상진은 그 진동에 멍하니 몸을 맡겼다. 질책 같기도 하고 어떤 신호 같기도 한 그 진동에.

"뭘 그렇게 빤히 봐?"

효주가 말했다.

"내가 뭘?"

"수조를 막 눈으로 잡아먹으려고 한다."

"아 맞다. 저거 물레방아 안 돌아간다."

"무슨 소리야?"

"전원 연결해봤는데 물레방아가 안 돌아가더라고."

"당연하지. 물레방아는 여과기에서 나오는 공기로 돌아가는 거거든."

"그런가."

"사람 또 신경쓰이게 하네. 확인해봐야겠다."

둘은 사무실에 있던 양동이를 들고 번갈아 계단을 오르내리며 수조에 물을 채웠다. 삼분의 이 정도쯤 물이 차오르자 바닥에 누워 있던 가짜 수초가 흐느적거리며 일어났다. 효주가 수조에 전원을 연결하자 물레방아 밑에 설치되어 있던 호스에서 공기 방울이 올라오면서 물레방아가 돌아가기 시작했다.

"봐봐."

"진짜네."

효주가 사무실 불을 끄고 상진의 옆에 앉았다.

"가끔 있잖아. 할머니가 금붕어를 되찾았는지 궁금해."

효주가 말했다.

"만든 사람이 그걸 모르면 어쩌라고."

"사실 알면 이상한 거야, 그런 건."

두 사람은 나란히 앉아 수조에서 퍼지는 파르스름한 조명과 부글거리고 흩어지다 터져서 사라지는 공기 방울을 하염없이 바라보았다.

상진의 마음속에서 진동이 차츰 가라앉았다. 그러자 아무도 찾지 않는 세상의 구석에 홀로 앉아 있는 느낌이 들면서, 자기 몸 전체가 외로운 것도 슬픈 것도 아니지만 그렇다고 아무렇지도 않은 것은 아닌 기분 같은 것으로 변하는 듯했다. 빙하도 더이상 깨지지 않은 채 어둡고 고요한 침묵의 바다 위에 떠 있었다. 이제 그 위를 천천히, 언제까지나 걷는다면…… 그때 상진의 손등 위로 크고 따뜻하고 부드러운 손길이 내려앉았다.

"너무 멀리 갈 필요 없어. 난 여기 있으니까."

희미한 빛이 일렁이는 어둠 속에서 효주가 말했다.

가을의 곡선

회색 쌤소나이트 캐리어를 끌고 입국장에 나타난 피아니스트의 검은 고수머리와 녹색 눈동자에서 희미하게 술기운이 느껴졌다. 피아니스트는 진송이 건넨 명함을 보며 두세 번 더듬거리더니 송, 송, 송, 이라고 노래하듯 중얼거리고는 콜 미 크리스티안, 이라고 말하며 손을 내밀었다.

"만나서 반갑습니다, 송."

진송이 크리스티안과 악수하며 비행은 어땠는지 물었다. 그는 각진 억양의 영어로 좋았다고, 한국 항공사 승무원들이 무척 친절했다고 대답했다.

크리스티안은 마흔세 살의 여위고 키가 껑충한 남자로, 에이전시를 통해 진송이 받은 프로필 사진을 한 번 세게 구겼다

도로 편 듯한 생김새였다. 표지판을 앞에 두고도 어디로 가야 할지 몰라 우왕좌왕할 것 같은 분위기를 풍겼으며, 수염이 덥수룩한 턱 위로 순진한 미소를 머금고 있었다. 그는 공항에 막 도착한 사람들이 자주 그러듯 이곳에 무사히 당도한 게 새삼 놀랍고 신기하다는 표정으로 주위를 둘러보다가 하늘을 흘끗 올려다보고는 진송에게 말했다.

"비가 오기 전에 얼른 출발하는 게 좋겠어요."

비? 진송은 크리스티안과 같이 걸으며 바깥을 내다보았다. 화창한 가을하늘에 구름이 몇 조각 걸려 있었다.

주차장에서 진송은 대표에게 아티스트를 픽업했고 호텔에 도착하면 다시 연락하겠다고 메시지를 보냈다. 업무용 아반떼 승용차가 인천공항을 빠져나가는 동안 크리스티안은 뒷좌석에서 공항이 정말 넓고 멋지고 모던하다고 감탄하다가 도로로 접어들자마자 부드럽게 코를 골기 시작했다. 숙취의 여파로 짐작되는 시큼털털한 냄새가 차 안에 번졌다. 진송은 차창을 조심스럽게 열었다가 닫았다.

다리를 건너는데 거치대에 올려둔 휴대폰이 진동했다. 진송은 액정에 뜬 혜진의 이름을 확인하고는 전화기가 그대로 떨리도록 내버려뒀다. 요즘 진송은 회사일을 제외하고는 전화를 거의 받지 않았다. 자기에게 걸려오는 전화를 무시해도 세상이 무너지지 않는다는 깨달음을 얻고 나서부터 그랬다. 다만 지금 이 전화는 일종의 회색 지대에 놓인 것이었다. 혜진은 지난주부터 출근하지 않았지만 아직 정식으로 퇴사 처리는 되지 않은 상태였으니까.

진동이 멈췄다가 다시 시작되었다. 진송이 룸미러로 크리스티안을 보았다. 그가 몸을 움찔하더니 고개를 돌렸다. 계속되는 진동에 피아니스트의 눈꺼풀이 그에 반응하듯 떨렸다. 진송은 문득 지금 이 상황이 자기와 자기 전화기가 아니라 전화기와 크리스티안의 수면 사이에서 벌어지는 문제라는 생각이들었다. 마치 자신의 인생이 종종 당사자를 제외한 채로, 그러니까 정작 진송 본인은 자기 삶의 부산물인 양 흘러가곤 하는 것처럼.

진송은 기다렸다. 이윽고 진동이 멈추더니 액정 위로 메시지가 떴다. '팀장님 지금 일하고 계시는 중인가봐요? 시간 나면 전화 주세요!'

"여기가 서울인가요?"

진송이 깜짝 놀라 뒤를 돌아보았다. 크리스티안이 잠에서 깨어나 차창에 이마를 대고 있었다. 맑았던 하늘이 어느새 잿빛으로 바뀌어 있었다.

"아직 인천이에요. 좀더 가야 돼요. 서울은 처음이시죠?"

"그렇기도 하고 아니기도 해요."

"무슨 뜻인가요?"

"홍콩으로 가던 중에 비행기 스케줄 문제로 공항 근처 호텔에서 하룻밤 잔 적이 있어요. 오래전인데, 아까 그 공항은 아니었고요. 그렇게 크지는 않았어요."

"그럼 김포공항이었나보네요."

"그런가요? 아무튼 그래서 겪어봤다고는 못하겠지만 모른다고 할 수도 없겠네요. 인생이 그렇듯이."

진송은 딱히 대꾸할 말이 없어 고개를 끄덕였다. 크리스티안이 덧붙였다.

"눈이 많이 내렸어요. 그건 기억이 납니다. 공항 직원들이 활주로에 쌓인 눈을 치우느라 정신이 없었어요."

교차로를 지나면서 차들이 속도를 늦췄다. 누가 뒤에서 짧고 날카롭게 경적을 울렸다. 그 소리에 진송은 신경이 곤두섰다. 운전대를 탁탁 두드리기 직전에 겨우 손을 거뒀다. 최근 진송은 자기가 생각하기에도 참을성이 말라붙었다는 걸 느꼈다. 누군가 자기 몫의 인내심을 강탈한 다음 옥상에서 지폐를 뿌리듯 허공에 날려버린 것 같았다.

진송은 천천히 차를 몰았다. 차창 밖으로 배수관 공사 현장이 보였다. 안전모를 쓰고 조끼를 입은 인부가 맨홀로 들어가자 동료 인부가 아래를 보며 손을 흔들었다.

그때 차창에 빗방울이 떨어지기 시작했다.

레지던스 호텔에 도착할 즈음에는 와이퍼가 바쁘게 움직였다. 진송이 로비에서 체크인을 하는 동안 크리스티안은 밖에 서서 쏟아지는 비를 구경했다. 객실 카드키를 건네받고 고개를 들었을 때, 진송은 크리스티안이 코트 주머니에서 은빛 플라스크 술병을 꺼내 한 모금 넘기는 광경을 목격했다. 그녀는 연못을 향해 굴러가는 유아차를 바라보는 심정으로 피아니스트의 뒷모습을 바라보았다.

　진송은 올봄에 이혼했다. 법적 절차는 까다로웠다. 결혼할 때는 혼인신고서 한 장만 작성하면 됐는데. 세상 이치가 그랬다. 구매는 쉽지만 환불은 복잡하고, 가끔은 그 과정에서 불편한 소리도 듣는다. 남편이 마지막으로 진송에게 상처를 주려고 중언부언 늘어놓은 말을 요약하면 다음과 같았다. 나는 너 정도면 적당한 상대라고 생각해서 결혼한 거야. 사랑해서가 아니라. 그러니 이제부터라도 네 주제를 좀 파악하고 살아.
　진송은 대표에게 이혼 사실을 밝히지 않았다. 대표는 메조소프라노에서 사업가로 전향한 저돌적인 성격의 오십대 여성으로, 자기가 다니는 교회의 담임목사 다음으로 가성비를 숭상했다. 우리는 가성비에 목숨을 걸어야 해. 우리 같은 구멍가게는 가성비에 신경쓰지 않으면 못 버텨. 내 섭외 기준은 딱하나야. 가성비. 저렴하고 알찬 아티스트.
　"예를 들면 이런 애 말이야."

대표가 진송의 책상에 잡지를 펼치며 말했다.

크리스티안 콜은 독일 에센 출신이었다. 오 년 전 오슬로에 있는 작은 클래식 레이블에서 러시아 작곡가 니콜라이 메트네르의 곡으로 꾸민 독주 음반을 발매했는데, 그 음반이 영국 클래식 음악 잡지 『그라모폰』의 '에디터스 초이스'에 선정되었다. 잡지의 리뷰어는 크리스티안이 연주한 메트네르의 소나타에서는 비범한 광채가 흘러나오고, 기존의 명연에 충분히 도전할 수 있다고 평가했다.

팸플릿 원고를 쓰는 틈틈이 이혼 문제로 가족과 의절 직전까지 다퉈가면서 진송이 조사한 바에 따르면 그 리뷰가 크리스티안의 경력에서는 어두운 골목에 켜진 단 하나의 가로등이었던 듯했다. 크리스티안은 유럽과 일본 등지에서 띄엄띄엄 독주회를 가지면서 마이너 오케스트라와 이따금씩 협연을 했다. 구글에서 찾아낸 공연 리뷰는 크리스티안을 기복이 큰 연주자라고 평가하고 있었다. 주 레퍼토리인 메트네르에서는 기교가 돋보였지만 베토벤과 브람스에서는 기교만으로는 뛰어넘을 수 없는 약점을 드러냈다고 했다. 진송은 그 리뷰에서 문장을 따와 아티스트 소개글에 넣었다. '그는 해외의 매체에서 믿기지 않을 정도로 화려한 기교가 돋보이는 피아니스트라는 찬사를 받고 있다.'

지난여름 크리스티안은 첫 음반을 낸 레이블에서 베토벤과 브람스를 녹음한 음반을 발매했고, 크리스티안의 에이전시에서는 가을에 일본의 소도시 몇 곳을 방문하는 투어를 기획했다. 내한공연은 대표의 욕심이었고, 다들 쓸데없이 일이 늘었다고 투덜거렸지만 개런티를 일본 공연의 삼분의 이 수준으로 협상한 대표의 능력만큼은 인정할 수밖에 없었다. 진송은 에이전시로부터 아티스트의 요구 사항이 적힌 메일을 받았다. 객실은 금연실로, 생수는 볼빅, 샌드위치는 토마토를 빼고 등등.

플라스크에 무슨 술을 넣어야 하는지는 없었다.

"그래서?"

진송의 전화를 받은 대표가 말했다.

"알아는 두셔야 할 것 같아서요."

"혹시 손 떨어?"

진송이 잠시 생각했다.

"그러지는 않는 것 같아요."

"싼 게 비지떡이 아니면 좋겠는데. 어쩐지 계약이 너무 순조롭다 했다."

대표가 계속 말했다.

"나 오늘 못 갈 것 같아. 저녁 좋아하는 거 먹이고, 기분 잘 맞춰줘. 저녁 먹고 거기서 바로 퇴근해."

진송은 전화를 끊은 뒤 팀원에게 문자를 보내 대표님께 일정 생긴 거 있느냐고 물었다. 바로 답장이 왔다. '브런치 콘서트 때문에 예당 양실장님 급하게 만나기로 했나봐요. 그리고 혜진이가 회사 사람들한테 한턱 쏜다는데 팀장님하고만 연락이 안 된다고 그러네요. 이번주 금요일 어떠냐고 그러는데 괜찮으세요?' 진송은 그때 가봐야 알 것 같다고, 일단 시간 되는 사람들끼리 알아서 하라고 답문을 보냈다.

진송은 저녁까지 호텔 라운지 카페에 앉아 시간을 보냈다. 손님은 진송과 외국인 커플이 전부였다. 혜진에게 전화를 해야 하나 하는 생각이 잠깐 들었다가 그만큼 또 빨리 사라졌다. 이미 금요일로 정했다는데 뭐. 그때 봐서 참석 여부를 결정하면 될 일이었다.

혜진은 문화 재단의 공채 최종 면접을 통과하자마자 사직서를 냈다. 진송은 혜진이 쑥스러운 표정으로 합격 사실을 털어놓았을 때 설명하기 어려운 당혹감에 휩싸였는데, 그녀가 진송을 포함한 회사 사람 모두에게 지원 사실을 숨겨서만은 아니었다. 그녀의 얼굴에 누가 봐도 모를 수 없는 기쁨이 드러나서만도 아니었다. 처음부터 끝까지 진송이 전부 다 가르치다시피 하면서 점심 메뉴까지 똑같이 고르던 찰떡궁합이었기 때문만도 아니었다. 일이 힘들어 죽을 것 같다며 울던 혜진을 위로하다 자기가 이혼했다는 사실을 털어놓아서만도, 그래서 혜진이 회사에서 진송의 비밀을 알게 된 유일한 사람이 되어서만도 아니었다. 그 모든 것이 이유일 수도 있었지만, 그중 어떤 것도 아닐 수 있었다.

이유야 어쨌든 진송의 입에서 맨 먼저 튀어나온 말은 "그럼 영수증 결산은 누가 해?"였다. 말의 내용이 아니라 어조에 진송 본인도 놀랐다. 뭔가 날카로운 걸 앞뒤 재지 않고 휘둘러버린 기분이었다. 진송은 혜진의 얼굴에 떠오른 표정을 알아차리고는 진심으로 축하한다고, 이제 공연 지원 문의 전화할 때 네 목소리 듣는 거 아니냐며 농담을 했지만 이미 무언가 어긋난 뒤였다. 마치 상영중에 스크린이 잘려버린 영화 화면처럼.

통유리 밖으로 해가 저물어가는 게 보였다. 진송은 어두운 유리에 비친 자기 얼굴을 잠시 바라보다가 고개를 돌렸다. 아무래도 자기 얼굴이 아닌 것 같았다. 요즘 들어 늘 그렇게 느껴왔듯이.

약속 시간이 되어 크리스티안을 로비에서 만났을 때 진송은 그의 손을 슬쩍 보았다. 마디지고 긴 손가락이 해먹에서 잠든 사람처럼 평온하게 늘어져 있었다.

크리스티안이 채식주의자가 아니라고 했기 때문에 진송은 그를 호텔 뒤편의 한식집으로 데려갔다. 식당은 단체 회식으로 소란스러웠지만 크리스티안은 상관없다고 했다. 진송은 서울식 불고기를 주문했다. 크리스티안은 젓가락을 잘 다뤘고, 불고기가 야키니쿠와 비슷하면서도 다르다고 했다.

"인생의 맛이군요."

진송이 말하자 크리스티안이 눈썹을 치켜올렸다. 진송이 설명했다.

"겪어봤다고는 못하겠지만 모른다고도 할 수 없는 맛이니까요."

크리스티안이 웃었다. 진송이 계속 말했다.

"내일 공연이 기대돼요. 메트네르를 실연으로 듣는 건 처음이거든요. 바깥에서 모니터로 듣는 것이긴 하지만."

"메트네르를 좋아하나요?"

"실은 잘 몰랐는데 이번 연주회를 계기로 좋아하게 됐어요. 공연 준비하면서 계속 당신 음반을 들었거든요."

"감사합니다. 보통은 다들 그렇게 시작하지요."

크리스티안이 빙긋 웃었다.

"그런데 이 식당, 맥주는 안 파나요? 불고기와 잘 어울릴 것 같은데."

진송은 잠시 망설였다. 한두 잔 정도는 괜찮지 않을까? 차라리 지금 약간 마시게 하고 재우는 편이 나을지도 몰랐다. 진송이 국산 맥주를 한 병 주문해 따라주자, 크리스티안은 이 관습에 큰 흥미를 보였다.

"이게 한국의 음주 문화라는 거죠?"

맥주가 들어가자 그는 말이 많아졌다.

"메트네르와 라흐마니노프는 평생을 알고 지낸 친구였어요."

진송도 자료를 조사했기 때문에 대략 알고 있는 사실이었지만 그냥 맞장구를 치듯 고개를 끄덕였다. 크리스티안이 계속 말했다.

"하지만 메트네르는 친구에 비해 인정을 받지 못했어요. 슬프지만 사실이죠. 어떤 사람들은 메트네르의 음악을 '기억할 만한 멜로디가 없는 라흐마니노프'라고 평하기도 했죠. '가난한 사람의 라흐마니노프'라는 말도 했고요. 둘 다 같은 뜻이에요. 잔인하죠. 하필이면 친구의 음악과 비교하다니. 저는 그게 정말 부당한 평가라고 생각해요. 평생을 그게 아니라고 주장하며 싸워왔고요. 내일도 마찬가지예요. 내일은 베토벤과 브람스도 연주할 거고 사람들은 베토벤과 브람스가 더 익숙하겠지만, 저는 거기 있는 사람들에게 메트네르 음악의 아름다움을 들려줄 거예요."

"어쩌다 그렇게 메트네르에게 빠져들게 됐나요? 특별한 사연이라도 있나요?"

단체손님이 빠져나가자 식당이 조용해졌다. 진송의 질문에 크리스티안이 먼 곳을 바라보는 듯한 표정을 지었다.

"사연이라. 아뇨, 괜찮습니다. 제가 따르는 게 편해요."

크리스티안이 진송에게 손을 내젓고는 직접 잔을 채웠다. 테이블에 놓인 맥주는 어느새 세 병으로 늘어나 있었다. 진송은 이걸 누가 언제 주문했는지 기억도 나지 않았다.

"실은 메트네르는 제 선생님이 무척 싫어하는 작곡가였어요. 그냥 싫어하는 정도가 아니라 증오하다시피 했죠. 이유는 모르겠어요. 저한테는 말을 안 해줬으니까. 그저 그런 음악은 연주하면 안 된다고 할 뿐이었어요. 그래서 저도 제가 메트네르를 몰래 연습하는 이유를 선생님에게 말하지 않았죠. 그렇게 시작된 거예요. 그러던 중 정신을 차리고 보니 제 음악의 별자리가 하늘에 그려져 있었던 거고요. 선생님은 정말 훌륭한 음악가이자 교사였고, 결국 제 선택 때문에 선생님과는 사이가 멀어졌지만 후회는 없어요."

"인상적인 사연이네요."

"살다보면 언젠가는 과거를 버려야 하는 순간이 오죠. 안 그러면 거기에 매몰될 수밖에 없어요. 그럴 때는 자기 자신을 믿어야 해요. 무대에 설 때는 더요."

"선생님도 결국엔 자랑스러워하셨을 거예요. 세계를 누비는 훌륭한 음악가가 됐으니."

"글쎄요. 지금은 돌아가셨으니까 물어볼 수가 없네요."

크리스티안이 잔을 비우고 진송을 보았다. 녹색 눈에 고집스런 자부심이 담겨 있었다.

"아무튼 저는 저 자신을 믿어요. 그게 제가 믿는 전부예요."

진송은 화제를 돌렸다.

"오늘 비가 올 거라는 걸 어떻게 알았어요?"

크리스티안이 멍하니 그녀를 보았다. 진송이 계속 말했다.

"낮에 비가 올 거라고 했잖아요. 하늘이 맑았는데."

"아, 그거요."

크리스티안이 잔을 비우며 얼버무리듯 말했다.

"하늘에 떠 있는 구름을 보니까 그런 생각이 들더라고요."

진송은 크리스티안을 호텔 로비까지 바래다준 다음 집으로 돌아갔다. 그날 밤 진송은 심란한 꿈을 꿨다. 크리스티안을 닮은 메트네르가 피아노를 치다가 중간에 막히는 바람에 공연장에서 쫓겨났는데 혜진이 빈 의자에 앉아 연주를 계속하는 꿈이었다.

다음날 진송은 티켓 판매 현황을 점검하고 팸플릿과 리플렛을 챙긴 뒤 초대 손님과 이벤트 당첨자 명단을 다시 한번 확인했다. 혜진이 담당했던 여름 실내악 축제의 시 지원금 내역 정리도 진송이 해야 했기 때문에 정신이 없었다. 빠진 영수증을 받기 위해 당시 무대에 올랐던 현악사중주단의 리더이자 음대 교수인 바이올리니스트에게 전화를 걸었는데, 그는 용건을 듣자마자 화를 벌컥 내더니 자기를 사기꾼 취급하는 거냐며 소리를 지르고는 전화를 끊어버렸다.

진송은 회사 사람들보다 일찍 점심을 먹은 뒤 차를 몰고 호텔로 향했다. 크리스티안에게는 룸서비스를 이용하라고 말해 뒀으니 식사를 챙겨줄 필요는 없었다.

크리스티안은 로비에 없었고, 룸서비스도 이용하지 않았다. 진송은 직원에게 객실에 전화를 걸어달라고 부탁했다. 직원은 수화기를 한참 들고 있다가 난처한 표정으로 고개를 저었다. 진송은 직원과 함께 객실로 올라갔다. 직원이 비상용 카드키로 문을 열었다. 크리스티안은 전날의 옷차림 그대로 침대에 곯아떨어져 있었다. 미니바에 있던 술병들이 바닥에 나뒹굴고 있었다. 술이 남은 병은 하나도 없었다.

직원이 크리스티안을 일으켜 침대에 앉혔다. 피아니스트의 녹색 눈동자에 천천히 빛이 돌아왔다. 그가 진송을 보며 미소를 지었다.

"서울의 햇살은 왜 이렇게 눈이 부시죠?"

그러더니 손으로 입을 감싸며 화장실로 달려갔다.

잠시 뒤 변기 물 내려가는 소리와 샤워기 물소리가 들렸다. 진송은 직원을 내보냈다. 알코올중독자를 얕봤다. 맥주 세 병 가지고는 간에 기별도 안 갔을 게 뻔한데. 그녀는 호텔 창문으로 시내를 내려다보면서 심호흡을 했다. 공사중인 고층건물이 앞을 가려서 경치가 제대로 보이지 않았다.

크리스티안이 젖은 머리를 수건으로 닦으며 나왔다. 그는 여전히 정신을 차리지 못한 듯 팔다리를 휘적거리며 냉장고로 갔다. 그런 다음 생수를 컵에 따라 발포 비타민을 집어넣고 단숨에 마시더니 얼굴을 찡그렸다.

"곧 준비하고 나갈게요."

진송은 로비로 내려가 대표에게 전화를 걸었다.

"혼자서 케어 못할 것 같아?"

진송은 할 수는 있을 것 같지만 아티스트가 어젯밤부터 오늘 점심까지 술 말고는 아무것도 안 먹은 것 같다고 했다. 객실을 대충 둘러봤을 때도 음식물은 눈에 띄지 않았다.

"비지떡, 비지떡, 비지떡."

대표가 이를 갈며 말했다.

"내 그 인간들을 그냥…… 이런 문제는 미리 말을 했어야지."

대표는 일단 무사히 공연장까지 데려오라고, 우리도 일찍 출발하겠다고 말하고는 전화를 끊었다. 진송은 호텔 앞 편의점과 베이커리에서 각각 숙취 해소 음료와 계란샌드위치를 샀다. 로비로 돌아와보니 크리스티안은 슈트 커버와 악보가 든 가방을 양손에 든 채로 평균대 위에 올라선 체조 선수처럼 몸의 균형을 잡으려 노력하고 있었다.

"배는 고프지 않습니다. 새벽에 밖에 나가서 뭘 좀 먹었어요."

진송이 식사를 했는지 묻자 크리스티안이 대답했다.

"새벽에요? 밖에 나갔다고요?"

진송은 경악에 휩싸여 크리스티안을 보았다. 크리스티안이 멋쩍게 웃었다.

"그래도 좋은 친구들을 사귀어서 즐거웠어요."

진송은 크리스티안이 새로 사귄 좋은 친구들 따위 하나도 궁금하지 않았다. 그자들이 술병과 함께 객실에 나자빠져 있지 않은 것만도 천만다행이었다.

"그럼 이거라도 드세요."

진송이 숙취 해소 음료 뚜껑을 열어 그에게 내밀었다.

"이게 뭔가요?"

크리스티안이 묻자 진송이 냉소적으로 대답했다.

"동양의학의 정수를 모아 만든 신비의 물약이에요. 그 새로 사귀었다는 좋은 친구들도 지금쯤 다 마셨을 거예요."

한강을 건너는 동안 진송은 입을 꾹 다물고 운전했다. 룸미러를 흘끗 쳐다보니 크리스티안은 지구대에서 잠이 깬 취객처럼 앉아 있었다. 이제 현실을 인식하기 시작한 모양이었다. 크리스티안이 상상 속의 피아노 건반을 짚듯 무릎 위로 손을 놀리는 게 보였다. 움직임에 힘이 하나도 들어가 있지 않았다.

"괜찮으세요?"

진송이 걱정을 담아 말하려 애쓰면서 먼저 말을 걸었다. 오늘 짜증과 분노를 가라앉히고 인내심을 쥐어짜야 하는 사람은 크리스티안이 아니었다.

"네, 괜찮아요. 그 동양의학…… 신비의 물약이요……"

그가 나무뿌리를 씹은 듯한 표정으로 입맛을 다셨다.

"효험이 있네요. 혹시 더 있나요?"

"한 병이면 충분해요."

"그렇군요. 아무튼 저는 괜찮습니다. 송은 어떻습니까? 괜찮은가요?"

"저요? 제가 왜요?"

"아뇨, 별 뜻이 있어서는 아니고 그냥 물어보는 겁니다."

"괜찮죠, 물론. 저는 괜찮아요."

진송이 평온함을 유지하려 노력하며 말했다. 음악의 별자리라는 둥 잘난 척은 혼자 다 하더니. 돌연 돌부리에 발이 챈 듯 불쾌해졌다. 지금껏 진송은 괜찮냐, 괜찮다 따위의 섣부른 위로가 오갈지 모를 상황을 가능한 한 철저하게 차단해왔다. 진송의 소식을 전해들은 사람들이 연락을 해왔지만, 결국 혼자 남는 순간엔 다 소용없지 않은가? 연민이란 물처럼 아래로만 흐를 뿐이고, 마음은 창호지처럼 쉽게 젖고 찢어진다.

"걱정하지 않아도 됩니다, 송. 잘할 수 있어요."

"알아요."

진송이 크리스티안과 눈을 마주치지 않고 대답했다.

"정말입니다. 충분히 쉬어서 힘이 넘쳐요. 어젯밤에는 낯선 곳에서 좋은 사람들을 만나서 기분이 조금 들떴나봐요. 서울은 생각보다 훨씬 흥미로운 도시더군요. 겉보기에는 도쿄와

별 차이를 못 느꼈는데 직접 겪어보니 훨씬 거칠고 야생적이에요. 사람들도 친절하고요. 승무원들이 잘 대해줄 때부터 알아봤어요."

알겠으니까 제발 닥쳐요.

거치대에 올려놓은 휴대폰이 진동했다. 혜진이었다. 얘는 업무중인 거 뻔히 알면서 왜 낮에 전화를 해대는 거지? 저녁에는 축하 파티를 하느라 바쁘신가? 새 삶을 준비중이라 회사일 따윈 다 잊었나? 제 업무까지 몽땅 나한테 떠넘긴 다음 훨훨 날아가놓고선? 그때 왼쪽 차선을 달리던 SUV가 깜박이를 켜지 않은 채 그녀 앞으로 갑자기 끼어들었다. 진송이 경적을 눌렀다. 손을 떼고 나서야 그녀는 자기가 십 초 가까이 경적을 울렸다는 사실을 깨달았다. SUV는 아랑곳하지 않고 진송의 오른쪽으로 건너갔다. 진송이 속도를 내 SUV와 나란히 달리며 옆을 흘끗 보았다. 짙게 선팅이 되어 있는 차창이 내려가면서 선글라스를 쓴 남자가 진송을 빤히 바라보더니 가운뎃손가락을 올리고는 다시 차창을 올렸다. 잠시 뒤 SUV는 사거리에서 우회전을 해서 멀어졌다.

크리스티안이 룸미러를 통해 접시를 깬 강아지 같은 표정으로 진송을 보았다.

"미안합니다."

크리스티안이 말했다.

"걱정시킨 거 압니다. 충분히 그럴 만해요. 하지만 걱정 마세요. 잘할 수 있으니까 그냥 마음놓고 믿어주시면 저도……"

"제가 안 믿으면 어쩔 건데요? 제가 안 믿으면 연주 안 할 거예요? 그냥 집에 갈 거냐고. 공연이 몇 시간 남았다고 아직도 취해서 징징거려? 청중이 기다리고 있잖아. 싸운다면서. 이제는 정신 똑바로 차려야 할 거 아냐. 도착하면 화장실 가서 세수부터 하라고. 그리고 피아노 앞에 앉아서 연습을 하란 말이야. 알겠어?"

말을 다 끝내기도 전에 진송은 제정신으로 돌아왔다. 말라붙은 참을성. 강탈당한 인내심. 결국 저질러버렸다. 그녀의 잘못이었다. 변명의 여지가 없었다.

크리스티안은 침묵했다. 갑자기 터져나온 한국말을 당연히 알아듣지는 못했을 테지만 진송이 무슨 말을 했는지는 억양과 표정으로 충분히 전달되었을 것이다. 가사 없는 음악이 리듬과 선율로 만국 공통어 노릇을 하듯. 크리스티안은 뒷좌석에 기대어 앉았고, 도착할 때까지 침묵을 지켰다.

공연장은 갤러리와 함께 운영되는 실내악 전용 홀로 어쿠스틱이 좋고 잔향도 적절히 울려서 인기가 많은 곳이었다. 달팽이 집처럼 둥그렇게 쌓은 외벽을 따라 붙여놓은 무지갯빛 타일 때문에 멀리서도 눈에 잘 띄었지만 막상 대중교통으로 접근하기는 어려운 장소에 위치해 있었다. 붉고 노란 단풍나무가 홀을 둘러싸고 있었고, 옆으로 난 이차선 도로에서 헬멧을 쓰고 몸에 딱 붙는 옷을 입은 남자가 자전거를 타고 지나갔다.

진송은 주차장에 차를 세우고 크리스티안과 함께 내렸다. 공연장으로 들어가자 대표와 직원들이 로비에서 기다리고 있었다. 진송은 어쩐지 현상수배범을 넘기는 기분이 들었다.

"반가워요. 컨디션 좋아 보이네요!"

대표가 크리스티안과 악수를 했다.

"어제 못 가서 미안해요. 급한 사정이 있었거든요. 숙소는 마음에 드셨어요? 한국은 처음이죠? 일정이 여유로우면 서울 관광을 해도 좋은데……"

대표가 크리스티안을 데리고 연주자 대기실로 사라졌다. 진송은 공연장 사무실로 가서 무대감독을 만나 공연 진행에 대해 상의했다. 사전에 몇 번씩 연락을 주고받아도 현장에 가면 언제나 말이 달라졌다. 채무 관계를 따지는 것도 아닌데 각자의 기억이 깔끔하게 일치하는 경우가 많지 않았다.

얘기를 끝내고 사무실을 나왔을 때 로비는 눈 덮인 새벽의 거리처럼 조용했다. 통유리 밖으로 갤러리로 이어지는 산책로가 보였다. 진송은 시간을 확인하고 홀 밖으로 나와 산책로로 향했다. 삼사십 분 정도 여유가 있었다. 구불구불한 산책로를 걷는 동안 홀 뒤의 작은 산 쪽에서 바람이 불었고, 땅에 떨어진 낙엽들이 운동장에서 뛰어노는 아이들처럼 이리저리 몰려다녔다.

산책로가 끝나는 곳에 단순명료한 형태의 잿빛 직사각형 건물이 있었다. 그곳이 갤러리였다. 입구 벽면에 붙어 있는 포스터가 진송의 눈에 띄었다. 팔다리가 조각조각 갈라진 남자의 사진이 인쇄된 포스터였다.

진송은 벽에 붙은 포스터를 유심히 살폈다. '연금술: I-X'라는 제목 아래 흙을 빚어 만든 남자의 전신상 사진이 있었다. 사지가 갈라져 보였던 건 남자의 몸에 굵은 금빛 선이 이리저리 그어져 있어서였다. 마치 육체라는 껍데기가 갈라지면서 내부에 있던 빛이 새어나오기라도 하듯.

"긴쓰기에서 힌트를 얻은 거예요."

진송이 뒤를 돌아보자 낯선 여인이 서 있었다. 언제 나타난 건지 알 수 없었다.

여인이 진송에게 미소를 지었다. 진송도 답례하듯 고개를 끄덕였다. 인상을 설명하기 힘들다는 것이 여인의 첫인상이었다. 키는 크지도 작지도 않았다. 늙지도 젊지도 않았고, 뚱뚱하지도 마르지도 않았다. 전체적인 인상이 딱 떨어지지 않아서 어떤 사람이냐가 아니라 어떤 사람이 아니냐로 기억에 남을 것 같았다.

"긴쓰키요?"

"긴쓰기. 일본어예요. 이렇게 써요."

여인이 손가락으로 허공에 이리저리 선을 그었다.

"깨진 그릇을 옻으로 붙이고 금가루로 이음매를 장식하여 수선하는 기술이에요. 깨진 부분을 감추는 게 아니라 더 돋보이게 하는 거죠. 그러면 오히려 그릇의 가치가 처음보다 더 올라가요. 그 아이러니 때문에 많은 사람들이 이 기법에서 영감을 받았는데, 저는 제가 구할 수 있는 가장 질 낮은 물건에 긴쓰기 기법을 적용해봤답니다."

여인이 계속 말했다.

"이 포스터에 있는 남자는 문구용 찰흙으로 만들었어요. 그 외에도 재활용이 안 되는 플라스틱이나 병, 길바닥의 돌, 오물이 묻어 못 쓰게 된 골판지 상자 같은 것들을 조각낸 다음 그 틈에 도금을 해서 보수해봤어요."

"그렇군요."

"시련의 가치에 대해 표현해보고 싶었거든요."

"시련의 가치요?"

진송이 여인의 말을 따라 했다.

"네. 흔히들 그러잖아요. 시련이 사람을 강하게 한다고. 저는 긴쓰기가 그 생각에 기반을 둔 기법이라고 생각해요. 그래서 시련의 흔적을 숨기지 않고 드러내는 거죠. 하지만 도로 고친다 한들 더는 아무 쓸모 없어진 존재에게 시련이란 무얼까요? 더러워진 골판지 상자를 긴쓰기로 수선한다 해도 누가 거기에 물건을 넣을까요? 그럴 때도 시련이 가치를 갖는 걸까요? 어쩌면 시련을 극복할수록 더 엉망이 되지 않을까요?"

진송은 대답하지 않았다. 여인의 말은 질문이라기보다는 대답처럼 들렸다. 흰자가 거의 보이지 않는 새까만 두 눈이 주의 깊게 진송을 바라보았다.

"안에 들어가서 작품을 보시겠어요?"

여인이 미소를 지었다. 부드러웠지만 냅킨에 적힌 환영 인사처럼 중립적인 느낌을 주는 웃음이었다. 다시 바람이 불었다. 그들 주위를 둘러싸고 있는, 마른잎이 매달려 있는 나무들에서 메마른 박수 소리가 났다.

"그러고 싶지만 공연 준비를 해야 해서요. 가봐야 할 것 같아요."

진송이 말했다. 여인이 고개를 끄덕였다.

"아쉽네요. 다음에 기회가 되면……"

진송은 가볍게 묵례를 하고는 뒤돌아 걸었다. 등뒤에서 뭔가가 몸을 부드럽게 누르며 앞으로 미는 듯한 기분이 들더니 이내 사라졌다. 돌아보니 여인은 없었다. 갤러리 건물만이 어두워지기 시작한 하늘 아래 서 있었다. 그제야 진송은 포스터에 작가 이름이 적혀 있지 않았다는 사실을 깨달았다. 미처 못 본 건지도 몰랐다. 하지만 돌아가 확인할 엄두는 나지 않았다.

진송이 산책로를 나와 공연장으로 돌아갔을 때 직원들은 팸플릿과 크리스티안의 CD를 정리하고 있었다. 한 직원이 CD 앞에 복사용지를 접어 만든 가격표를 놓았다. 회색 옷을 입은 다른 직원이 크리스티안의 사진이 인쇄된 X 배너를 설치하다가 진송에게 다가왔다.

"대표님이 연주자 술병을 압수했어요. 그 은색 병."

회색 옷의 직원이 말했다.

"정말? 그래도 되는 거야? 크리스티안이 뭐라고 안 했어?"

"공연 무사히 끝나면 거기에 조니워커 삼십 년산? 블루라벨? 뭐더라, 아무튼 엄청 좋은 위스키를 채워주겠다고 하셨나봐요."

"그걸로 넘어갔다고?"

"네. 그런데 팀장님, 금요일에 오세요? 혜진이가 팀장님 오는 거 맞냐고 자꾸 물어보던데. 직접 전화해보라고 하니까 밤에는 전화 못해서 낮에 했는데 안 받으신다고."

"왜 밤에 못하는데?"

직원이 진송을 빤히 쳐다보았다.

"저희한테 그러셨잖아요. 밤에는 회사일 아니면 연락 안 받는다고."

홀 안에서 피아노 소리가 들렸다. 리허설중인 모양이었다.

진송은 살짝 문을 열고 안으로 들어가 객석 맨 뒷줄에 조용히 않았다. 크리스티안은 베토벤을 연주하고 있었다. 피아노 소나타 17번 〈템페스트〉 3악장. 그는 서두르지 않고 여유 있게 코다까지 나아갔다. 마지막 음을 끝낸 뒤 그는 물을 마시고 나서 한동안 천장을 올려다보며 앉아 있다가 보면대에 놓인 악보를 치웠다.

이어서 크리스티안이 메트네르의 〈회상 소나타〉를 연주하기 시작했다.

진송은 연주회 팸플릿에 다음과 같이 썼다. 〈회상 소나타〉는 '잊혀진 멜로디들'이라는 제목이 붙은 일련의 모음곡 중 첫 곡이다. 메트네르는 〈잊혀진 멜로디들〉을 러시아에서 전쟁과 혁명이 소용돌이치던 와중인 1916년에서 1922년 사이에 작곡했다. 메트네르가 고국을 떠나 독일 베를린으로 향한 것은 1920년 10월로, 이후 그는 베를린에서 프랑스 파리로, 다시 영국 런던으로 건너갔으며, 공연을 위해 짧게 방문할 때를 제외하고는 끝내 고향에 돌아가지 못한 채 런던에서 생을 마감했다. 혁명 이후 러시아에서 겨울을 보내는 동안 작곡가가 느꼈을 게 분명한 망설임이, 불안한 미래와 앞으로 닥칠 향수병에 대한 막연하면서도 시적인 예감이 이 작품에 담겨 있는지도 모른다.

왼손이 반복하는 단순하고 뒤뚱거리는 리듬 위에 오른손으로 불러내는 부드럽고 섬세한 선율이 편안히 내려앉았다. 마치 잔잔한 호수 위에서 요람처럼 흔들리는 작은 배에 올라타기라도 하듯. 이윽고 싸늘하고 냉소적인 두번째 주제가 이어지면서 음악이 복잡해졌다. 리듬이 쪼개지고 주제 선율이 다채롭게 모습을 바꾸면서 손가락 사이로 모래가 빠져나가듯 음악이 시간과 공간 속으로 사라졌다.

피아니스트의 양손이 바쁘게 움직였다. 크리스티안은 고개를 깊숙이 숙인 채 땅에 떨어진 빵 조각을 따라 미로의 출구를 찾는 소년처럼 음악에 몰두했다. 마치 음악은 손끝에서 태어나 사라지는 바로 그 순간에 존재하며, 이런 순간은 다시 찾아오지 않는다는 걸 충분히 이해하고 있다는 듯.

그는 아직은 자기의 별자리를 제대로 따라가며 음악을 항해하고 있었다. 알코올은 손가락까지 퍼지지 않았다. 진송이 듣기에는 그랬다. 진송은 눈을 감고 자신과 크리스티안 말고는 아무도 없는 공간에 울리는 소리를 향해 귀를 열었다.

늦게 도착한 초대 관객 한 명이 곡이 끝나지 않았는데 들어가겠다고 고집한 걸 제외하면 연주회는 전반적으로 별 탈 없이 진행되었다. 진송은 일하는 틈틈이 로비에 설치된 모니터로 크리스티안이 연주하는 모습을 보았다. 연주회가 끝난 뒤 일곱 명이 크리스티안의 베토벤과 브람스 CD를 샀다. 메트네르 CD를 구입한 사람은 두 명이었다. 크리스티안은 성실하게 사인을 하고 기분좋게 사진 촬영에 응했다.

"내일은 제가 바래다드리지 못할 것 같아요."

크리스티안을 차에 태우고 호텔로 돌아가면서 진송이 말했다.

"그래요?"

"네, 제가 일이 생겨서요. 다른 직원이 호텔로 올 거예요."

대표가 연주회중 진송을 따로 불러내 내일은 브런치 콘서트 건으로 예당에 다녀와줘야겠다고 말했다. 이제 쟤는 됐으니까, 더 중요한 일에 집중해야지.

"아쉽네요."

"내일 오는 친구는 훨씬 밝고 명랑해요." 진송이 그렇게 말하고는 변명하듯 덧붙였다. "운전도 잘하고요."

크리스티안이 코트 주머니에 손을 집어넣었다. 그가 주머니 안에 있는 걸 만지작거리다가 룸미러에 비친 진송의 얼굴을 보며 말했다.

"호텔에 도착하면 커피라도 한잔할까요?"

"네, 좋아요."

그들은 라운지 카페에 자리를 잡고 앉았다. 밤에는 카페가 칵테일 바를 겸하기 때문인지 손님이 절반 정도 차 있었다. 조도가 낮은 조명 아래 테이블마다 초가 켜져 있었고 스피커에서는 부드러운 재즈 음악이 흘러나왔다. 크리스티안이 메뉴판을 골똘히 들여다보다가 생각을 정리한 듯 커피를 주문했다.

"이제 집으로 돌아가는 건가요?"

진송이 물었다.

"네, 연주 일정이 잡힌 게 없거든요. 어쩌면 앞으로도 없을지 모르고."

진송이 크리스티안을 보았다. 그가 계속 말했다.

"고등학교에서 학생들을 가르치기로 했어요. 당분간은 그 일에 집중하려고 해요. 언제까지 할 수 있을지 기약은 없지만."

"왜요? 피아니스트로 아직 한창인데."

크리스티안이 어깨를 으쓱했다.

"에이전시와 계약이 곧 만료돼요. 연장하자는 얘기는 없고, 저도 말을 꺼내지 않았고요. 그 정도면 서로 좋게 헤어지는 거죠. 다른 에이전시를 찾기도 어려울 것 같고요."

"술을 끊어도요?"

진송이 말했다. 크리스티안이 쓴웃음을 지었다.

"그 문제는 본질적인 게 아니에요. 제가 아르헤리치나 지메르만이었으면 재활원에 집어넣고 회복될 때까지 계약서를 들고 기다렸겠죠."

크리스티안이 커피를 홀짝였다.

"포기하는 건 아니에요. 그만두겠다는 것도 아니고. 그냥 한 걸음 물러서서 잠시 기다리려는 것뿐이에요. 어제 했던 말은 모두 진심이에요. 과거를 버려야 할 순간이 오면 자신밖에는 믿을 수 없는 거죠. 하지만 어제와 오늘 있었던 일은 사과해야겠죠. 프로답지 못했습니다. 미안해요. 학교에 있는 동안 이 문제도 고칠 거예요."

"저도 미안해요. 화를 내서."

"무슨 말인지 하나도 못 알아들었으니 상관없어요."

둘은 잠시 말없이 앉아 있었다. 진송은 피곤이 몰려오는 걸 느꼈지만 아직은 자리에서 일어나고 싶지 않았다. 그녀의 휴대폰은 테이블 위에 얌전히, 거의 무력하다시피 한 상태로 놓여 있었다. 생각해보면 퇴근 이후에는 늘 그랬다. 처음부터 그랬던 건 아니었지만 언젠가부터 그렇게 되었다. 이제는 흔한 광고 문자 하나 오지 않았다. 이 세상 모두가 해가 지면 진송을 잊어버리기라도 한 것처럼. 물론 그건 반가운 일이었다. 평온한 일이었다. 바라 마지않던 일이었다.

"저기 말이죠."

크리스티안이 입을 열었다.

"말씀하세요."

"이제부터 할 얘기는 실례가 될지도 모르겠지만……"

"네."

"다음에 전화가 걸려오면 꼭 받으세요. 제 선생님이 돌아가시기 전에 제게 전화를 하셨어요. 그 전화를 받지 않은 게 지금도 가끔 생각이 나요. 후회인지는 모르겠어요. 하지만 절대 잊을 수는 없을 거예요. 돌에 새겨진 글자처럼."

"그렇게까지 심각한 문제는 아니에요."

"그렇지 않아 보이던데요."

"제 문제가 뭔지 모르잖아요."

"물론 저는 겪어보지 못한 일이에요."

크리스티안이 이어서 덧붙였다.

"하지만 모른다고 할 수도 없을 것 같네요."

둘은 다시 커피를 마셨다. 진송은 서울이 정말 이상한 도시라는 생각을 했다. 시간과도 장소와도 맞지 않는, 홀연히 날아와 창가에 앉은 새처럼 갑자기 떠오른 생각이었지만 지금 그녀의 마음을 그보다 더 잘 표현하는 건 없었다. 크리스티안의 어깨 너머로 보이는 테이블에 연인인 듯한 두 사람이 앉아 다정한 얼굴로 이야기를 나누고 있었다. 그들 중 한 명이 테이블에 있던 촛불을 입으로 불어 껐다. 두 사람의 얼굴이 아주 잠깐 어둠 속으로 숨어들었다.

"금요일에는 비가 올 거예요. 우산을 준비하세요."

크리스티안이 말했다.

보호색

'안필성 스튜디오'의 주인은 아버지의 뒤를 이어 사진관을 운영한다는 사실을 한사코 인정하지 않았다.

"인터뷰도 좋고 다 좋은데요."

주인이 팔짱을 끼었다.

"확실히 할 건 해야죠. 아버지와는 전혀 관계가 없어요. 하나도. 조금도. 무슨 말인지 아시겠습니까?"

"압니다. 아는데요."

나는 막막한 기분으로 말했다.

"말씀드렸지만 저희 잡지 이번 호 기획이 '가업을 잇는 사람들'이거든요. 섭외 전화를 드렸을 때……"

"그런 말은 못 들었는데요."

"못 들으셨다고요?"

"인터뷰라고만 했지. 통화할 때 그렇게 얘기했잖아요."

"실은 전화를 다른 분이 하셔서요. 제가 아니라."

"그래요?"

주인이 투명한 낚싯바늘에 걸리기라도 한 것처럼 오른쪽 입 꼬리를 끌어올렸다.

"그럼 그쪽은 누구시죠?"

"네?"

"제 앞에 계신 분은 누구시냐고요."

땜빵입니다, 라고 대답하는 것이 이 상황에서 슬기로운 대처일 성싶지는 않았다. 나는 가능한 두루뭉술하면서도 권위 있어 보일 법한 단어를 골라 대답했다.

"자유기고가입니다."

침묵이 흘렀다. 내 뒤에 서 있던 사진 담당 연하씨가 헛기침을 하며 천장을 올려다보는 모습이 벽에 걸린 거울에 비쳐 보였다. 사진관 통유리로 들어온 초여름 오전의 햇살이 목뒤를 건드렸다.

들은 게 다르기로는 나도 마찬가지였다. 선배는 섭외는 이미 다 해두었으니 주인과 편안히 얘기 좀 하고 사진 몇 장만 찍어오면 된다고 했다. 독특한 빈티지 인테리어, 자연스러우면서도 예술적인 분위기를 풍기며 걸려 있는 흑백사진과 포토

샵으로 예쁘게 다듬은 가족사진, 풍성하고 푸근한 턱수염을 기른 덩치 큰 주인, 가업을 잇는 일의 보람과 기쁨 등.

"아무튼 어렵겠습니다."

주인이 결론을 냈다.

"이런 건 줄 알았으면 애초에 오지 말라고 했지. 먼길 오시느라 수고는 하셨는데, 미안하지만 못해요."

"저기요."

사태를 관망하던 연하씨가 끼어들었다.

"제가 방금 인터넷으로 찾아봤는데, 다들 여기가 대를 이어 하는 스튜디오라는데요. 이 자리 건너편이 아버님께서 하시던 사진관이라고 하고요."

"그건 맞아요. 하지만 그건 월세 액수가 맞는 데가 여기뿐이라 그런 거고." 주인이 말했다. "그리고 알아볼 거면 잘 알아보셔야지. 내 입으로 대를 잇는다느니 뭐니 그런 말 한 적은 없을걸."

"그럼 왜 사람들이 오해하게 놔두세요?"

"영업에는 도움이 되니까."

"이건 훨씬 더 도움이 될 텐데요. 말씀드렸다시피 저희 기내잡지예요. 메이저 항공사는 아니지만 국내선 여객기에 배치된다고요. 기사가 영어로 번역도 돼요. 그럼 외국인도 보겠죠."

"그럴 수도 있겠죠."

"그럴 수도 있겠죠, 가 아니라 바로 그렇죠."

주인이 입을 다물었다. 나는 의자에 앉은 채 그의 얼굴을 유심히 바라보았다. 젖은 스펀지를 슬쩍 누른 것처럼 등에서 식은땀이 났다. 사진을 찍는 스튜디오는 한 층 아래 지하에 있었고, 다섯 평 남짓한 사무실은 빈티지 오디오와 스피커, 필름 카메라 등으로 가득했다. 제일 눈에 띈 건 카세트테이프를 한번에 다섯 개씩 복사할 수 있는 기계로, 1990년대 중반 길거리에서 리어카에 불법 복제 테이프를 쌓아놓고 팔던 시절 사용하던 물건인 듯했다.

"무슨 말인지는 압니다. 나도 바보는 아니니까."

마침내 주인이 입을 열었다.

"그래도 거짓말은 못해요. 여긴 처음부터 끝까지 내가 일궜거든. 아버지한테 렌즈 하나 물려받은 게 없어. 뭐, 굳이 받은 게 있다면 타박이나 저주?"

그가 반지를 낀 손으로 머리를 쓸어넘겼다.

"사람들이 떠드는 건 됐어요. 영업에만 지장이 없으면. 하지만 내 입으로 아버지의 대를 잇는다느니, 존경한다느니, 그런 말은 못해요. 그건 제 본질이 아니니까. 본질에 어긋나는 일을 할 수는 없습니다. 이해하시겠어요?"

"모르겠는데요."

연하씨가 말했다. 또다시 불편한 침묵이 흘렀다.

"그럼 어쩔 수 없고요."

주인이 입꼬리를 끌어올렸다.

"그리고 사진관은 기본적으로 동네 장사예요. 사람들이 여권 사진 한 장 찍겠다고 과연 여기까지 비행기를 타고 올까?"

주인이 자리에서 일어났다. 그는 망연자실한 채 앉아 있는 나를 내려다보다가 조금 누그러진 목소리로 덧붙였다.

"본질은 못 바꾸는 겁니다. 살면서 하나쯤은 지키는 게 있어야 해요."

급하게 들어온 일이었다. 한밤중에 벨이 울려서 전화를 받자마자 선배가 말했다.

"오랜만이야. 요즘 논다며?"

바로 사정 설명이 이어졌다. 같이 일하던 기자가 미안하다는 문자메시지를 남기고 잠적했다. 영어 번역까지 맡아 하던 인재였고, 두 명이 꾸리던 작은 외주 잡지사에 사장 겸 수석 에디터만 황망히 남겨졌다. 업무에 숭숭 구멍이 뚫렸다. 쳇바퀴에 뛰어든 햄스터처럼 정신없이 전화를 빙글빙글 돌린 끝에 다른 꼭지는 어찌어찌 때웠는데 기획 기사 인터뷰 하나가 남았다. 전화 걸 사람도 너밖에 안 남았다.

"정말 평소라면 이렇게까지 안 해."

이번 경우는 평소가 아니었다. 잡지사의 생명줄을 쥔 고객

인 항공사 대표가 경영권 승계 삼 주년을 맞아 직접 기획 기사
의 아이디어를 냈다. 인쇄에 들어가기 전에 '대표님께서 기사
도 손수 검토하실' 모양이었다. 평소와 같은 건 예산뿐이었다.

나는 점잖게 거절하려 노력했다. 글쓰는 일에서 손을 놓은
지 오래되었고, 회사를 그만둔 지도 얼마 안 돼서 어느 쪽이건
아직 준비가 되지 않았다는, 내가 봐도 어딘지 앞뒤가 안 맞는
이유를 댔다. 하지만 선배는 포기하지 않았다.

"제발. 못하겠다고 하면 지금 울어버릴 거야, 진짜로."

"못 보던 새 많이 약해지셨네요."

"진짜라니까."

선배의 목소리가 촉촉해졌다.

"알겠으니까 좀 참아주세요."

다음날 아침 지하철 4호선 환승 통로에서 연하씨를 만났다.
연하씨는 하얀 셔츠와 검정색 진에 스니커즈 차림이었고, 목
에는 보라색 초커를 차고 있었다.

우리는 가는 동안 별로 말을 섞지 않았고, 전동차에서 내릴
때도 서로 먼저 가라며 어색하게 양보를 했다. 그래도 뜨문뜨
문 대화를 나누다보니 나는 연하씨가 고등학교와 대학교를 미
국에서 졸업하고 한국으로 돌아와 현재 프리랜서로 활동중이
라는 사실을 알게 되었다. 선배의 예전 직장인 패션잡지사에
서 맺은 인연 덕에 지금은 사실상 이 기내 잡지의 전담 사진기

자를 맡고 있는 듯했다.

연하씨가 편의점 파라솔 아래서 휴대폰을 만지작거리는 동안 나는 선배에게 전화를 걸어 사정을 설명했다. 선배는 아니 왜? 왜 말이 바뀌어? 거기서 본질이 왜 나와? 등의 의문을 표하다가 난처하네, 아우 나 참, 이라고 논평한 다음 망할 놈, 이라는 탄식으로 심경을 정리했다. '망할 놈'이 잠적한 기자인지 사진관 주인인지는 분명치 않았다.

"어떡할까요?"

나는 선배에게 물었다.

"그러게, 어쩐다."

"사진관은 빼고 하죠. 이제 와서 다른 데를 알아볼 수도 없고."

"가게는 바뀌어도 되지만 숫자는 맞춰야 돼. 다섯 곳. 반드시."

"왜요?"

"대표님 말씀에 따르면 자기네 비행기가 언젠가는 오대양을 모두 누벼야 하거든."

공기가 더워졌다. 나는 탄산수를 한 모금 마셨다. 선배의 사정이 딱하긴 했지만 이 일에서 내가 잘못한 건 없었다. 이 시점에서 딱히 할 수 있는 일 역시 없었다. 내가 부탁받은 건 여기까지였고, 나는 이미 그 이상의 일을 한 기분이었다.

"어떡할까요?"

내가 다시 물었다. 이번에는 집에 가고 싶다는 바람을 말투에 담았다. 선배는 한동안 말이 없다가 끙, 소리를 내며 입을 열었다.

"일단 있잖아……"

"저기, 자유기고가님?"

연하씨가 파라솔 탁자를 톡톡 두드렸다.

"지금 에디터님이랑 전화하시는 거면 잠깐 바꿔주실 수 있어요?"

새까만 눈동자와 부드러운 눈매가 나를 향해 방긋 웃었다. 나는 휴대폰을 건네고 연하씨가 선배와 통화하는 모습을 지켜보았다.

연하씨 말의 요점은 대를 이어 하는 막국수 가게가 여기서 멀지 않은 곳에 있다는 것이었다. 다만 차로 움직일 경우 그렇다는 것이고, 차 없이는 기차로 멀리 돌아가야 했다. 그녀는 전화를 하는 동안 바블헤드 인형처럼 계속 고개를 끄덕이면서 말을 했다.

"네, 아니에요. 방금 알아본 거예요. 제 페이스북 친구가 거기 주인이랑 친해서 지금 연락해둔대요. 아니에요, 여기서 택시 타면 요금 폭탄 맞아요. 고맙긴요, 저도 일을 해야 돈을 받죠. 기껏 나왔는데 허탕 칠 수는 없잖아요."

연하씨가 휴대폰을 돌려줬다. 선배가 겨울 코트를 정리하다가 비상금을 발견한 듯한 목소리로 말했다.

"들었지? 이왕 하는 김에 힘 좀 써줘. 고료 더 챙겨줄게. 밥값도 줄 테니깐 가서 막국수 먹고 차비랑 같이 영수증만 가져와. 마감은 하루 정도 늦어도 되니까, 부탁해!"

휴대폰으로 검색해보니 기차역까지는 걸어서 십 분이 걸렸다. 철도 사이트에서 확인한 시간표에 따르면 우리가 타야 하는 기차는 삼십오 분 뒤에 도착할 예정이었다.

연하씨와 나는 앞서거니 뒤서거니 하며 별 대화 없이 걸었다. 선 캡을 쓴 할머니가 길 한가운데서 행인들에게 전단을 나눠주고 있었다. 우리는 바위에 부딪힌 물살처럼 할머니 앞에서 양쪽으로 갈라졌는데, 할머니를 지나치고 난 뒤 보니 그녀의 손에는 알록달록한 헬스클럽 전단 한 장이 들려 있었고 내 손에는 처음과 마찬가지로 휴대폰뿐이었다.

역에 도착해 표를 끊고 의자에 나란히 앉아 기차를 기다렸다. 대합실에 설치된 대형 텔레비전에서 뉴스가 나오고 있었다. 활발한 의정 활동으로 주목받는 초선 국회의원이 당내 중진 의원들에게 따돌림을 당하는 모양이었다. 패널로 나온 정치평론가가 종이 위에 당내 파벌의 계보를 그려가며 무언가를 열심히 설명하고 있었다. 그걸 멍하니 보느라 처음에는 연하씨가 말을 걸고 있다는 사실을 눈치채지 못했다.

"죄송합니다. 못 들었어요."

내가 당황해하며 말했다.

"어, 아니에요. 못 들으셨으면."

"아닙니다. 뭐라고 하셨어요?"

"아, 그게, 중요한 건 아닌데, 레슬링이요."

"네?"

"레슬링. 대학 친구 아빠가 레슬링을 하거든요."

"네."

나는 얼떨떨하게 맞장구를 쳤다. 연하씨가 계속 말했다.

"자기 아버지하고요. 그 친구 이름이 마빈인데 대학 때 친했어요. 아무튼 제 말은, 마빈의 아버지와 할아버지가 레슬링을 한다는 거죠."

"아버지와 할아버지가 말이죠."

나는 여전히 갈피를 못 잡은 채 그녀의 말을 따라 했다.

"네, 마빈네 집안이 햄버거 체인을 하거든요."

연하씨가 말을 이었다.

"전국 규모는 아니고 미시시피주 한정인데, 그 지역에서는 인앤아웃도 파이브가이스도 안 부럽대요. 할아버지가 개척한 사업을 아빠가 물려받아 확장했고요. 아빠가 일을 아주 잘해서 할아버지보다 낫다는 평판도 있나봐요. 그런데 마빈 아빠

는 사업상 중요한 결정을 해야 할 때 스스로 판단을 내리지 못
하면 늘 할아버지를 찾아간대요. 가서 할아버지랑 레슬링 시
합을 하는 거죠. 벌거벗고요."

"벌거벗는다고요?"

"네, 올리브유였나, 몸에 그걸 바르고. 그게 아마 고대 그리
스식인가본데, 아무튼 저택에 체육관이 있대요. 굉장하죠? 거
기서 경기를 하는 거예요."

"굉장하네요."

"그런데 그 시합에서는 무슨 일이 있어도 무조건 할아버지
가 이겨야 한대요. 마빈 아빠는 죽일 듯이 달려든대요. 아버지
라고, 노인이라고 봐주는 거 없고요. 그러니 할아버지도 전력
을 다해 아들을 꺾어야 하는 거죠. 그러다 할아버지가 이기면
아빠는 패배의 충격으로 머리가 맑아지면서 올바른 판단을 내
리게 되는 거예요. 아, 나는 아직 아버지를 넘으려면 멀었구
나, 이러면서."

나는 고개를 끄덕이긴 했지만 연하씨가 무슨 생각으로 이런
얘기를 꺼내는 건지 여전히 갈피를 잡기 어려웠다. 나는 핏줄
로 이어진 두 남자가 대저택에 마련된 체육관에서 장어처럼
미끌미끌한 알몸으로 서로를 넘어뜨리려 드는 광경을 떠올려
보려 했다. 잘 안 됐다. 경기도 외곽의 기차역과는 너무 동떨
어진 이야기라 그런지 상상력이 기름이 다 떨어진 자동차처럼

털털거리다 이내 멈춰버렸다.

"마빈 말로는 그게 뒤집힌 인정 욕구래요."

연하씨가 말했다.

"아빠는 그런 식으로 할아버지한테 인정받고 싶어한다는 거예요. 지는 게 바로 자기가 당신 아들이라는 증거인 셈이니까. 아직 할아버지의 보호 아래 있는 존재라고 인정받는 거죠. 그래서 죽도록 달려드는 거예요. 제대로 인정받기 위해서. 할아버지도 필사적일 수밖에 없죠. 지면 당신이 시작한 사업에 타격이 갈 수도 있으니까."

"재미있네요."

내가 말했다. 이제야 감이 좀 잡혔다.

"사진관 주인한테도 그런 욕구가 있다는 말씀인가요?"

"모르죠. 하지만 아버지를 그렇게 싫어하면서 아버지 가게 터 앞에 아버지랑 똑같은 업종의 가게를 내는 심리가 뭘까 싶잖아요. 아니면 조금 더 진지하게 생각해보면⋯⋯"

연하씨가 잠시 말을 멈추고 생각하다 결론을 내렸다.

"그냥 성질이 못돼먹은 거죠."

나는 웃었다. 연하씨도 따라 웃었다.

뉴스가 끝나자 치과 보험 광고가 나왔다. 나는 작은 친밀감이 실험실에서 막 생겨난 단세포생물처럼 우리 사이에서 꼬물거리는 걸 느꼈다. 사진관에서 나온 뒤로 내내 신경이 날카로

웠는데 어쩐지 기분이 좀 진정되는 것 같았다. 역사 천장의 일부는 유리로 되어 있었는데, 거기서 쏟아지는 더운 공기와 에어컨에서 나오는 차가운 공기가 물과 기름처럼 섞이지 못한 채 동시에 피부에 닿았다. 비어 있던 내 오른쪽 자리에 백팩을 멘 젊은 남자가 털썩 앉자 공기 중으로 진하고 신선한 비누 냄새가 번졌다.

"아깐 고마웠어요. 당황해서 말이 안 나왔었는데."

내 말에 연하씨가 어깨를 으쓱했다.

"저도 당황해서 아무 말이나 막 던진 거예요. 기껏 여기까지 왔는데 억울하잖아요."

십 분 뒤 우리는 열차를 탔다. 객차 중간에 마주보는 상태로 놓여 있는 회전식 좌석이 눈에 띄었다. 객차에 승객이 거의 없어서 아무 자리에 앉아도 상관없을 듯했다. 연하씨는 정방향 좌석에, 나는 맞은편에 앉았다.

"그 막국수 식당 이름이 뭔가요?"

열차가 출발하자 내가 연하씨에게 물었다.

"'원조 막국수'요. 음, 잠깐만요. 이거 보여드릴게요."

연하씨가 자기 휴대폰을 내게 건넸다.

나는 페이스북 메시지를 훑어보았다. 서로 오간 대화에 따르면 '원조 막국수'의 조상은 '일품 막국수'로, 일대에서 명성을 떨치던 아버지가 세상을 떠난 후 자식들이 각각 '원조 막국수'와 '진품 막국수', '정통 막국수'를 개업하여 자웅을 겨루는 모양이었다. 거기에 더해 본처와 후처 자식 사이의 해묵은 갈등도 얽혀 있는 듯했다. 연하씨의 페이스북 친구는 '일품 막국수'를 계승한 집으로 '원조 막국수'의 손을 들어주었는데, 동치미 비법을 제대로 물려받은 쪽이 그 집이라는 게 근거였다.

"사연이 복잡하네요."

나는 휴대폰을 돌려주며 말했다.

"그러니까요."

연하씨가 그렇게 대답하고는 잠시 머뭇거리다 말했다.

"저, 혹시 기고가님은 이쪽 일 하신 지 오래되셨어요? 인터뷰하고 글쓰는 일요."

"지금은 아니고 예전에요. 그동안 회사 다녔거든요."

"과거형이네요."

"그만둔 지 두 달 반 됐어요."

"그럼 지금은 다른 직장 알아보고 계신가요?"

"네."

나는 거짓말을 했다. 이직이 쉽지 않은 직종이었지만 그것까지 말할 필요는 없었다.

"이력서를 넣고는 있는데, 요즘은 다 어려워서요."

"맞아요. 진짜 어렵죠."

그때 기차가 터널로 들어갔고, 우리는 약속이나 한 듯 잠시 입을 다물었다. 기차가 덜컹거리는 소음이 터널을 통과하는 동안 들숨처럼 부풀어올랐다가 창을 통해 빛이 들어오자 풍선에서 공기가 빠지듯 줄어들었다. 풀과 나무의 산뜻한 녹색과 흙의 짙은 갈색과 도로의 우중충한 검정색이 파란 하늘 아래 거칠게 찍혀 있었다. 커다란 물류 창고가 허허벌판에 뜬금없이 서 있었고, 끌로 판 것처럼 깔끔하고 가느다란 길을 따라 납작한 집들이 늘어서 있었으며, 저멀리 거대한 크레인들이 하늘을 향해 차곡차곡 올라가는 중인 아파트 단지를 집값 하락에서 지켜내려는 기사단처럼 견고하게 둘러싸고 있었다.

"지난주에 면접을 봤어요."

연하씨가 다시 말했다.

"디자인 쪽 회사였거든요. 제 전공이 그거예요. 돈은 사진으로 벌고 있지만요. 아무튼 면접을 보는데, 제가 미국에서 부모님 도움 거의 없이 혼자 일해서 공부하고 왔다니까 면접관이 애국가를 4절까지 불러보라는 거예요. 힘들수록 잊어서는 안 되는 게 있다면서요."

"4절까지요?"

"네, 다 못 불렀어요. 그러고 나니까 분위기가 좀 묘했는데, 그럴 줄 알았다는 분위기 있잖아요. 저는 애국가 어쩌고 하는 건 나이든 사람들만 하는 얘긴 줄 알았는데, 그 면접관들은 나보다 서너 살 많을까? 그런데도 그런 얘기를 아무렇지도 않게 하고, 못하니까 비웃고. 당황스러웠죠. 어…… 근데 제가 왜 갑자기 이런 얘기를 하죠?"

"마빈이 없으니까요."

연하씨가 웃었다.

"그런가보다. 근데 이 경우가 좀 심한 편이긴 했지만 다른 곳도 느낌이 비슷했거든요. 면접을 계속 봤는데, 그때마다 제 얼굴이 굳어 있는 걸 저도 느꼈어요. 모르겠어요. 사람들이 많이 달라진 것 같아요. 아니면 제가 너무 변했거나. 사람들을 어떻게 대해야 할지 잘 모르겠어요. 친했던 사람도, 처음 만난 사람도요. 샤워기 온도 맞출 때 잘 안 돼서 처음에 쩔쩔매잖아요. 딱 그 기분이에요. 실은 아까 사진관에서 그랬던 것도 계속 마음에 걸려요. 그렇게까지 뾰족하게 굴 건 아니었는데."

"아니에요. 그건 잘하신 거예요."

"그렇게 말씀해주시면 고맙고요. 아무튼 처음에는 외국에 오래 있다가 돌아와서 그런가보다 했는데, 지금은 정말 그 이유가 다일까 싶거든요. 이걸 뭐라고 하지…… 그러니까…… 각자 다른 곳을 보면서 딴소리를 하고 있는데 어쩌다보니 우연히 말이 통하고 있는 그런 상황 같다는 거예요. 언제든 서로의 말을 못 알아들어도 이상할 게 없는 거죠."

나는 잠시 그 말을 곱씹었다. 연하씨가 얼굴을 살짝 찡그렸다.

"배부른 소리라는 거 알아요. 친구들은 제가 좀 맞춰가야 한 대요."

"아니에요. 무슨 얘긴지 알 것 같아요. 저도 그랬거든요."

나도 모르게 말이 나왔다. 왜 그런지 알 수 없었다. 몇 시간 전에 처음 만난 사람에게 할 소리가 아닌데도, 돌이 경사를 따라 굴러가듯 저절로 입이 열렸다.

"제가 회사에서 주로 하던 일이 대면 업무였어요. 사람 상대하는. 아시겠지만 별의별 사람이 많잖아요. 이해관계가 얽히면 더 그렇고. 그렇다보니 일을 할 때마다 스트레스도 받고 회의감도 드는 거예요. 과연 계속 이런 일을 해야 하나, 언제까지 버틸 수 있을까. 그러다가 그…… 심리적으로 좀 어려운 일이 생긴 거죠."

"우울증이었나요?"

"그때는 인정하지 않았는데 지나고 보니까 그랬나봐요."

"그렇군요."

"네. 그만두지 말고 그냥 버텼어야 했나 싶기도 한데."

"아니에요. 잘 생각하신 것 같아요. 사람이 먼저잖아요."

"그렇게 말해주면 고맙고요."

나는 '고맙고요'를 쐐기 삼아 말을 멈췄다. 여기서 더 나아 갔다가 자칫하면 쓸데없는 얘기까지 할 수 있었다. 그렇게 스트레스를 받다가 결국 해서는 안 될 소리를 하는 바람에 상사들의 심기를 건드렸다거나, 그 때문에 직장에서 왕따에 가까운 취급을 받던 중 업무상 사고가 터지는 바람에 퇴사했다거나, 사실 그 사고는 조금만 신경썼으면 피할 수 있었는데 이제와 돌이켜보면 그걸 알면서도 달아나고 싶어서 일부러 손을 놓았는지도 모른다고 생각한다거나 하는 그런 얘기들.

그뒤로 기차가 목적지에 도착할 때까지, 우리는 서로의 속마음을 지나치게 드러낸 사람들답게 말없이 얌전히 앉아 있었다.

기차에서 내려 역 대합실로 올라가는 동안 연하씨가 '원조 막국수'에 전화를 걸었다.

"버스가 있긴 한데 택시가 낫대요."

전화를 끊고 나서 연하씨가 말했다.

"얼마나 걸린다던가요?"

"한 십오 분 정도? 방파제 따라서 가다보면 낚시 가게가 쭉 늘어선 거리가 나오는데, 거기 내리면 된대요. 어쨌든 택시 기사들은 들으면 다 안다고…… 아, 잠깐만요."

연하씨가 새로 걸려온 전화를 받았다.

"응. 아니, 지금 인터뷰 나왔어. 무슨 말을 안 해. 내가 오늘 나간다고 했잖아. 응? 뭐라고? 그게 무슨 소리야. 내가 분명히……"

연하씨의 표정이 딱딱해지더니 나를 보며 소리 없이 입술을 움직였다. 잠시만요. 그런 다음 고개를 까딱하고는 걸음을 서둘렀다.

나는 역사 밖으로 나가는 연하씨의 뒷모습을 바라보다가 대합실 의자에 앉아 사방을 둘러보았다. 세금 낭비와 전시 행정의 전형 같은 건물이었다. 으리으리하고 번쩍였으며, 누군지 모르는 위인의 동상처럼 공허했다. 하루 이용객을 손발로 꼽을 수 있을 듯했다. 상가는 역에서 직접 운영하는 편의점 하나를 빼고는 죄다 비어 있었다.

나는 잠시 후 일어서서 화장실로 들어갔다. 화장실 역시 맨 구석 좌변기 칸을 제외하고 텅 비어 있었다. 나는 볼일을 보고 손을 씻은 다음 핸드 드라이어로 손을 말렸다. 화장실은 여전히 조용했고, 닫혀 있는 좌변기 칸에서는 아무 소리도 들리지 않았다.

나는 천천히 또박또박 말했다.

"그만 나오세요."

침묵. 나는 다시 말했다.

"걱정하실 필요 없습니다."

걸쇠가 달그락거리는 소리가 났다. 좌변기 칸 문이 열리면서 '안필성 스튜디오'의 주인이 걸어나와 내 앞에 섰다.

우리는 가만히 서로를 마주보았다.

어느 병원의 어떤 의사 작품인지는 몰라도 좋은 병원의 뛰어난 의사였다. 거기에 주인은 살도 찌웠고, 푸근해 보이는 풍성한 턱수염까지 길렀다. 언뜻 봐서는, 아니 자세히 봐도 회사가 오랫동안 찾던 바로 그 사람이라는 사실을 눈치채기란 거의 불가능했다. 나 역시 그렇게 가까이에 앉아서 쳐다보면서도 처음에는 아무 생각이 없었다. 그러다 메스로 조율하고 턱수염으로 파묻은 얼굴 뒤편의 진짜 모습이 내 무의식 깊은 곳에서 떠오르자 등에서 식은땀이 났다.

물론 본명이 안필성이 아닌 '안필성 스튜디오' 주인은 나를 즉시 알아봤을 터였다. 그러니 당장 어떻게든 아무 말이라도 해서 나를 쫓아내는 게 급선무였을 것이다.

"정말입니다. 걱정하실 거 없어요."

"무슨 걱정을 하지 말라는 건지 모르겠네."

주인이 천천히 말했다.

"내가 대체 무슨 걱정을 할 필요가 없다는 겁니까?"

나는 잠자코 선 채 그를 유심히 관찰했다. 주인의 말투는 공격적이었지만 자세는 딱히 그렇지 않았다. 어깨는 축 처져서 경계심을 느낄 수 없었고, 비어 있는 두 손은 무방비하게 늘어져 있었다.

물론 뒷주머니에 뭘 집어넣고 있는지까지는 알 수 없었다.

대면 업무는 스트레스가 많다. 이런 식으로.

"안 믿어도 할 수 없지만 말이죠."

나는 말했다.

"저는 진짜로 인터뷰를 하러 간 거였어요. 당신이 하겠다고 약속한 그 인터뷰. 가업을 잇는 사람들. 나라고 당신 알아봤을 때 막 반갑고 그랬을까요?"

화장실이 다시 조용해졌다. 잠시 뒤 주인이 입을 열었다.

"사람은 정말 이상한 동물이에요. 그렇지 않습니까?"

나는 대답하지 않았다. 주인은 상관없다는 듯 계속 말했다.

"여기까지 오는 내내 왜 애초에 인터뷰 같은 걸 하겠다고 했나 생각을 해봤단 말이지요. 들킬 게 뻔한데 어떻게든 물 위로 머리를 내미는 이유가 뭘까. 아가미로 숨쉬고 사는 데 만족해야 하는데. 왜겠어, 괜찮지 않을까 싶은 거지. 바깥공기가 그립고, 맘놓고 햇볕을 쬐어도 되는지 확인하고 싶고. 혹시 헤밍웨이 읽어봤습니까?"

"아뇨."

"읽어보세요. 그 사람 소설 중에 킬러가 자길 죽이러 올 걸 알면서도 도망치지 않고 침대에 누워 있는 권투 선수가 나오는 얘기가 있어. 지친 거지. 갈 데도 없고 가고 싶은 데도 없고. 누워 있다 죽으나 도망가다 죽으나 제 팔자가 다를 게 없을 것 같거든. 오늘 오전에 당신 얼굴을 보고 그 소설이 생각났어요.

그 마음이 뭔지 진짜 잘 알겠더라고."

말은 그렇게 했지만 주인은 그 권투 선수처럼 가만히 누워 있는 대신 내 뒤를 밟았다. 그렇게 당할 생각은 아직 없다는 뜻일 테다. 그는 지치지도 포기하지도 않았으며, 나보다 머리 하나는 더 컸고 체격도 튼튼했다.

"저는 퇴사했습니다."

나는 조심스럽게 주인의 말을 이어받았다.

"이제 회사하고는 사적으로나 공적으로나 아무 관계도 없어요. 좋게 떠난 것도 아니고요. 사실 저도 지금 마음이 편치 않습니다. 당신 같은 사람들을 보면 안 좋은 기억만 떠오르니까. 그러니 여기서 그냥 조용히 헤어집시다. 회사에는 얘기하지 않겠습니다. 약속해요. 침대에 계속 누워 있을지 말지는 당신이 결정할 문제겠지만."

주인이 생각에 잠긴 표정으로 나를 보다가 입을 열었다.

"퇴사라."

"이젠 그만하고 싶어서요."

"그만하고 싶다, 라."

주인이 또 내 말을 따라 했다.

"그게 될 거라고 생각한다 이거죠? 날 만난 오늘도?"

나는 대답하지 않았다. 주인이 입꼬리를 올렸다.

"뭐, 잘해보쇼. 행운을 빕니다. 진심으로."

주인의 눈에 뭐라 설명하기 어려운 빛이 떠올랐다. 사파리에서 미모사를 씹는 기린의 표정처럼 속을 알 수 없는 눈빛이었다. 하지만 나는 더 할말이 없었고, 합의가 이뤄진 거라고 생각했다. 나는 천천히 몸을 돌리고는 뒤를 돌아보지 않으려 노력하면서, 뒤를 돌아보고 싶은 욕구를 있는 힘껏 억누르고 있다는 티조차도 내지 않으려 애쓰면서 화장실을 나왔다.

"차였어요."

택시에서 내리자 연하씨가 말했다.

우리는 군데군데 보도블록이 깨진 인도에 서 있었다. 낚시도구를 판매하는 단층 건물들과 참돔이 수면에서 역동적으로 뛰어오르는 그림이 그려진 현수막을 내건 횟집, 그리고 편의점이 나란히 늘어서 있었고, 그 건물들 뒤로는 방파제가, 방파제 뒤로는 바다가 자리해 있었다. 소금기 어린 바람이 불어왔다. 파란 하늘을 새파랗게 받아치는 잔잔한 수면 위로 짧고 가느다란 포말이 하얀 누비 선처럼 띄엄띄엄 나타났다 사라졌다.

"네?"

"차였다고요."

연하씨가 아까보다 똑똑히 발음했다.

"오늘 정말 재수 더럽게…… 다이내믹한 하루네요."

"정말 그런 것 같아요."

나는 전적으로 동의를 표했다.

"거지같은 놈."

"그러게요."

"그러니까요."

우리는 길 건너에 있는 가게 간판을 바라보았다. 폭격기가 표적으로 삼아도 좋을 정도로 압도적인 크기의 입간판에 새까만 추사체로 '원조 막국수'라고 위풍당당하게 씌어 있었다. 가게 건물은 작고 소박했지만 널찍한 주차장 한편에 야외 천막을 쳐놓고 그 아래 플라스틱 탁자와 의자를 쭉 늘어놓아 손님 맞이에 만전을 기하고 있었다. 점심시간이 지났는데도 종업원들이 양손에 쟁반을 들고 바쁘게 건물의 안과 밖을 오가고 있었고, 주차장은 중대형 승용차로 빽빽했으며, 구석에 있는 장독대 주위에서는 배를 채운 손님들이 담배를 피우고 있었다.

"지금은 인터뷰 힘들겠네요."

내가 말했다.

"그럴 것 같죠?"

"이왕 이렇게 된 거 밥부터 먹죠."

"저도 그 생각 하고 있었는데. 저 간판, 되게 식욕 당기게 써놨다."

우리는 주인을 만나 인사를 나눈 다음 구석자리에 앉아 막국수 두 그릇을 시켰다. 주문을 하고 눈을 서너 번 깜박이고 나자 종업원이 막국수를 우리 앞에 놓고 갔다. 막국수는 훌륭했다. 슬러시에 가까운 동치미 국물은 시원했고, 메밀로 반죽한 면에서는 구수한 향이 올라왔다. '진품'과 '정통'도 먹어보면서 비교하고 싶은 생각이 들 정도였다.

연하씨는 조금 전 실연당한 사람답지 않게 참기름도 뿌리고 겨자도 풀어서 맛나게 막국수를 먹었다. 아니면 실연당한 사람답게 식사로 마음을 달래는 중이거나.

"그 레슬링 이야기 있잖아요."

내가 연하씨에게 말을 걸었다.

"생각을 좀 해봤는데."

"네."

"인정 욕구건 뭐건 마빈네 집안이 언제까지나 그런 식으로 중요한 결정을 내릴 수는 없지 않을까요. 할아버지가 계속 정정할 수는 없을 테니까요."

"그건 그렇죠."

연하씨가 고개를 끄덕이고는 말했다.

"아마 그렇게 되기 전에 마빈 아빠가 아들에게 사업을 물려주지 않을까요? 그런 다음에 이번에는 본인이 아들을 레슬링으로 꺾는 거죠. 그렇게 집안의 전통이 이어지는 거예요."

"마빈이 고민이 많겠네요."

"아닐 거예요. 형들이 맹훈련중일 테니까."

"형들이 있어요?"

"네, 게다가 걔는 햄버거 체인의 후계자 말고 다른 꿈이 있거든요. 평일 낮에 맨해튼 펜트하우스에 앉아 샤토 마고를 병째로 마시면서 세상에는 돈보다 더 중요한 게 있다고 한탄하는 거."

"미국 부자들은 자식들을 가난하게 키운다던데요."

"다른 부자들은 모르겠고 걔네 집은 검소하게 키우더라고요. 레슬링 집안답죠."

"안됐네요."

"다들 자기가 이룰 수 없는 소망만 골라서 꿈을 꾸는 거 같아요."

인터뷰는 오후 세시가 넘어 손님이 뜸해지고 나서야 시작할 수 있었다. '원조 막국수'의 주인은 수더분한 인상에 팔뚝이 유난히 굵은 중년 남자로, 연하씨의 페이스북 친구에 따르면 후처의 자식이었다. 대를 잇는다는 것이 어떤 기분인지, 아버지가 물려준 비법 같은 게 있다면 무엇인지 내가 묻자 주인은 한동안 생각에 잠기더니 아버지가 특별히 가르쳐준 비법은 없고 자기도 물어본 적이 없다고 대답했다. 입맛이란 세월에 따라 바뀌게 마련이라 계속 개량을 해야 하기 때문에 전수받는 비법 같은 건 사람들의 생각만큼 중요하거나 본질적인 게 아니라면서. 그래도 자기가 아버지에게 배운 게 있다면 매일 아침마다 새로 시작하는 기분으로 가게문을 여는 마음가짐이라고, 솔직히 말해 아버지가 인간적으로 존경할 만한 분이었는지는 잘 모르겠지만 그 마음가짐만큼은 확실한 사람이었다고, 사실 그 자세야말로 장사뿐 아니라 인생에 있어서도 본질적인 가르침이라 생각한다고 차분히 말했다.

요시히로의 자리

102호에 드디어 사람이 들어올 모양이었다. 인테리어 업체 직원이 공사 소음이 생길 수 있다며 정화에게 양해를 구하고 동의서에 사인을 받아갔다는 것이었다.

"굳이 현관까지 들어와서 사인을 받아가더라고."

"공사는 언제부턴데?"

"모레부터래."

샤워를 하고 실내복으로 갈아입고 나오자 정화가 배달 앱으로 주문한 족발 세트가 도착했다. 내가 테이블에 음식을 차리는 동안 정화가 냉장고에서 맥주를 꺼내왔다. 우리는 텔레비전 뉴스를 틀어놓고 각자의 하루에 대해 이야기했다. 나는 특별히 할말이 없었지만 정화는 있었다. 주차권 때문에 쇼핑몰

의류 매장 직원과 트러블이 생겼다는 것이었다. 쇼핑몰에서 일정 액수 이상의 옷을 사면 주차권을 발급받았고, 옷은 구매 후 일주일 안에 가져가면 무조건 환불이 가능했다. 다들 그 규정을 이용해서 무료로 주차를 했고 정화도 그랬는데, 오늘 환불 처리를 하던 직원의 태도가 아무리 봐도 자기를 비웃는 것 같았다고 했다. 결국 매장 담당자가 불려나왔고, 처음에는 입으로만 사과하던 담당자는 정화가 플로어 매니저와 얘기하겠다고 하자 그제야 상품권을 건넸다. 이왕 얻은 거 자기가 쓸지 엄마에게 줄지 생각중이라고 했다.

"진짜 오래됐지?" 내가 말했다.

"응. 족발 진짜 오랜만이다."

"앞집, 앞집. 102호."

"아, 그러네."

지난번에 살던 사람은 우리 또래로 보이는 부부였다. 남편은 덩치 큰 근육질 체격에 머리카락이 한 올도 없는 남자로, 정화는 그가 조폭인 줄 알고 멀리서 뭔가 반짝이기만 해도 발길을 돌리곤 했다. 그러던 어느 날 공동 현관 입구에서 비밀번호를 누르던 중 문득 뒤통수가 환해지는 느낌이 들었다. 정화가 모르는 척하려 애쓰는데 이웃집 남자가 예의바르게 인사를 하더니 아내가 자꾸 텔레비전 볼륨을 높여서 죄송하다며, 임신중이라 조금 예민한 상태인데 얘기를 잘 해뒀으니 이해해달라고 정중히 말했다.

"나는 진짜로 텔레비전 볼륨 갖고 뭐라고 할 생각도 없었거든. 무서워서 말이나 했겠냐고." 정화가 새삼 억울해했다. "그 여자 웃는 건 좀 웃겼지만."

웃음소리는 내가 먼저 들었다. 야근을 마치고 돌아와 현관문을 여는데 등뒤에서 하하하학, 하는 소리가 들렸다. 나는 102호 문 앞으로 가서 귀를 기울였다. 왁자지껄한 텔레비전 소리에 뒤이어 다시 하하하학, 이 들렸다. 며칠 뒤 마트에 가려고 공동 현관을 나오던 중 정화가 이웃집 여자의 웃음소리를 따라 하며 물범이 숨넘어갈 때 내는 소리 같다고 즐거워했다. 하필 흉내를 낼 때 102호 앞을 지나던 중이었고 그 집 창문이 열려 있어서 약간 신경이 쓰이기는 했지만 별일은 없었다. 아무튼 그뒤로는 그 웃음소리를 듣지 못했다.

부부가 이사를 간 후로 102호는 세입자 없이 방치되었고, 그 상태로 일 년 반이 흐르면서 세 동짜리 낡은 아파트 단지의 작은 미스터리가 되었다. 발코니에서 담배를 피우지 말자, 이웃끼리 인사하자, 따위의 글을 게시판에 붙이고 동 주민의 얼굴과 호수를 전부 기억하는 취미가 있는 302호 교회 집사 노인네가 날 붙잡고 왜 아직도 앞집에 사람이 안 들어오는지 물어본 적도 있었다. 그런 걸 캐고 다니다니, 늙어서 돌아버린 게 분명했다.

우리도 몇 가지 가능성을 생각해보긴 했다. 집주인이 외국에 사나보다, 상속이나 채무 관계가 복잡한가보다, 일층이라인기가 없나보다. 잠깐, 그건 이해가 가네. 어쨌거나 앞집이계속 비어 있으면 좋지 않았다. 오랫동안 사람이 들지 않은 집에는 쥐나 바퀴벌레나 곰팡이가 번식할 수 있고, 그것들이 우리집으로 넘어올 수도 있었다.

그렇다고 진지하게 걱정하지는 않았다. 우리 문제는 아니었고, 우리는 잘 지냈다. 봄이 되면 가로등 아래 핀 살구꽃이 하얗게 빛났고, 천원짜리 초파리 트랩에는 금세 벌레들이 가득찼다. 비 오는 여름날 문을 조금 열어두면 비릿한 흙냄새를 맡을 수 있었고, 그럴 때는 녹이 낀 창틀과 흠집 난 마룻바닥에도 나름의 운치가 흘렀다. 우리 둘 다 언젠가는 분명 이곳이그리워지리라고 생각했다. 물론 그런 그리움을 품기 위해서는빨리 이곳에서 빠져나가 다시는 돌아올 일이 없어야 했다.

인테리어 공사 첫날, 퇴근하여 돌아온 뒤 정화에게 소음이심하지는 않았는지 물었다.

"생각보다는. 안마 의자를 좀 오래 돌리는 느낌? 아무튼 요시히로래."

"그게 누군데?"

"이사올 사람."

정화가 이어서 설명했다. 문밖에서 어떤 남자가 작업자들을 다그치는 소리가 들렸더랬다. 치수도 제대로 측정하지 않고 다짜고짜 바닥부터 두드려대면 요시히로 씨가 좋아하지 않을 거라면서, 작업에 더 신경을 쓰라고 야단을 쳤다는 것이었다.

"일본 사람이네."

"그렇지."

"까다로운 사람이고."

"아마도."

우리는 까다로운 일본 사람이 왜 이런 후진 동네에 오는 걸까 머리를 맞대고 생각해봤지만 뾰족한 답은 얻지 못했다. 단지에서 나와 조금 걷다보면 인도를 따라 노래방이 쭉 늘어서 있었는데, 주중에는 중고등학생들에게 점령당했고 주말이 되면 러시아와 몽골인 노동자들로 불야성을 이루었다. 그래서 우리는 외출을 자주 하지 않았고, 볼일이 있으면 멀리 나갔다.

"낮에 전화했었어." 정화가 말했다.

"언제?" 나는 휴대폰을 확인했다.

"너한테 말고."

몇 번을 곱씹어 생각해도 매장 직원의 태도가 경우에 심히 어긋난 듯해서 본사 고객센터에 전화를 걸었다고 했다. 책임자로 짐작되는 여자와 통화가 되기는 했는데, 예의바르게 응대는 했지만 정화는 여자가 자기 말에 제대로 귀를 안 기울인다는 느낌을 받았다. 책임자가 상황을 파악한 뒤 적절한 조치를 취하겠다고 하자 정화는 조치가 결정되는 대로 문자건 전화건 알려달라고 하고는 전화를 끊었다.

"그런 고생을 뭐하러 해." 내가 말했다. "네가 굳이 안 그래도 그런 직업의식 없는 애는 언젠가 알아서 떠내려가."

"그럼 내가 도와주는 거겠네. 적성에 맞는 일을 조금이라도 빨리 찾을 수 있게."

동족 혐오인가 싶었지만 그 말을 굳이 입 밖에 내지는 않았다. 정화는 결혼 전에 백화점 침구 매장에서 일했고, 임시로 시작한 그 일이 직업이 되기 직전에 나와 만났다. 언젠가 정화는 왜 손님들이 툭하면 진상 짓을 하는지 나름의 이론을 들려준 적이 있었다. 자기에게 절대 어울리지 않는 것들을 원해서였다. 남녀노소, 빈부격차를 막론하고 하나같이 자기 주제를 몰랐다. 그러다 결국 자기 이상과는 동떨어진 시원찮은 물건을 사야 한다는 사실을 받아들일 수밖에 없었는데, 그 분풀이를 직원에게 한다는 것이었다. 다들 불쌍한 사람들이었다.

"오늘 바닥을 다졌으면 마루 공사는 내일이겠네." 나는 화제를 돌렸다. "내일은 진짜 시끄럽겠다."

"그래서 내일은 약속 시간보다 일찍 나가 있으려고." 정화가 말했다. 반년에 한 번 열리는 고등학교 동창 모임 이야기였다. 정화는 그 모임만큼은 빠지지 않았다.

그날 밤 방에서 일을 하고 있는데 사람들이 웅성거리는 소리가 들렸다. 가끔 공동 현관을 손님 배웅 장소로 사용하는 인간들이 있었다. 금방 갈 줄 알고 신경을 끄려 했지만 한참이 지나도 웅성거림이 그치질 않았다. 시계를 보니 열두시 이십칠분이었다. 이 시간에! 나는 자리에서 일어나 최대한 발소리를 죽이고 현관으로 갔다.

서너 사람이 대화를 나누고 있는 듯했다. 낮은 목소리로 웅얼거려서 무슨 얘기를 하는지는 확실치 않았지만 그중 한 명이 요시히로 씨, 라고 말하는 것은 분명히 들었다. 나가서 한마디 해야 하나 생각하는데 별안간 웅성거림이 뚝 그치더니 102호 문이 열렸다 닫히는 소리가 났다.

정적이 찾아왔다. 나는 방으로 돌아와 하던 일을 계속했다. 그러다 문득 요시히로 씨, 다음에 무슨 말이 이어졌는지 퍼뜩 떠올랐다. 누가 갑자기 어깨를 툭 치기라도 한 것처럼.

요시히로 씨에게 잘 맞춰야지요.

확실히 까다로운 사람이 맞았다. 이 밤중에 사람들이 그런 문제를 걱정하게 하다니.

다음날 아침 나는 정화에게 간밤의 일을 얘기했다.

"바닥 공사 상태를 보러 왔던 것 같아."

"그 밤중에?" 정화가 프라이팬에서 계란을 뒤집었다.

나는 대답이 궁했지만 간밤에는 정말 그렇게 생각했기 때문에 달리 할말이 없었다.

"근데 너 너무 늦게까지 일하는 거 아냐?"

"부업이 다 그렇지."

"너무 무리는 마셔. 오늘은 밖에서 저녁 먹고 들어와. 꼭 먹어야 한다."

"꼭 먹어야 한다, 는 뭐냐. 내가 애도 아니고."

"너 일할 때 밥 제대로 안 먹잖아. 사람 걱정시키지 말고."

그날 나는 밖에서 저녁을 먹지 않았다. 전날 못다 한 일을 끝낼 생각으로 오전 내내 틈나는 대로 콜록거리다 몸이 안 좋다며 반차를 내고 조퇴했다. 아파트 주차장에 차를 대고 편의점에 들러 점심과 저녁에 먹을 도시락을 하나씩 사들고 집으로 갔다.

공동 현관 입구에 소형 트럭이 주차되어 있었다. 주머니가 덕지덕지 달린 감색 조끼를 입은 인부 두 명이 번갈아가며 작업 도구를 트럭 짐칸에 올려놓는 중이었다.

나는 안으로 들어가 우편함을 살펴보며 뒤를 힐끔거렸다. 102호 문이 열려 있는 걸로 보아 요시히로 씨의 집 공사를 하러 온 사람들인 듯했다. 현관문은 활짝 열려 있었지만 문틀에 두꺼운 검은색 천이 발처럼 드리워져 있어서 집안은 보이지 않았다.

마치 안을 들여다봐서는 곤란하다는 듯.

당연한 얘기지만 102호의 사정은 나와 아무 상관이 없었다. 천 따위를 쳐두지 않아도 굳이 남의 집을 엿볼 생각은 없었다. 정확히 말하자면, 천이 없었다면 그냥 그러려니 하고 지나갔을 것이다. 바꿔 말해, 천이 늘어뜨려져 있으니 문제가 다르게 느껴졌다. 무엇이 있는지는 궁금하지 않아도 무엇을 가려놓았는지는 궁금해진다. 무슨 말이냐 하면, 잘못은 보통 감추려는 쪽에 있다는 얘기다.

인부들이 힘을 합쳐 굵은 드릴이 달린 커다란 공구를 짐칸에 올려 밀어넣고 있었다. 나는 발소리를 내지 않도록 조심하며 102호로 다가가 천을 슬쩍 걷었다.

그리고 천 뒤에 서 있던 남자와 정면으로 눈이 마주쳤다.

나는 깜짝 놀라 뒤로 한 걸음 물러섰다. 남자가 천을 젖히고 걸어나와 나를 빤히 바라보았다. 더 정확히 말하면 노려보았다. 나는 입에서 나오는 대로 주워섬겼다.

"이번에 이사오시나봐요? 안녕하세요, 저는 맞은편 101호에 사는데…… 곤니치와."

남자는 대꾸 없이 인부들을 바라보았다. 더 정확히 말하면 죽일 듯이 노려보았다. 인부들이 남자의 눈치를 보며 머뭇거렸다. 남자가 다시 나를 노려보았다.

침묵이 길어졌다. 남자는 태어나서 한 번도 햇볕을 쬐지 못한 사람처럼 얼굴이 창백했다. 검은색 폴라 티에 두꺼운 회색 모직 코트를 걸친 채 손과 얼굴을 빼고 온통 꽁꽁 싸매고 있었는데, 지금이 6월이라는 점을 감안하면 무척 더울 듯한 복장이었고 실제로 땀에 푹 젖은 머리카락이 사죄라도 하듯 이마 위에 납작 엎드려 있었다.

"여기는 제 자리가 아닙니다."

마침내 남자가 입을 열었다. 정중하고 반듯하고 차가운 말씨였다.

"요시히로 씨 자리입니다."

남자는 그렇게 말하고는 곧장 안으로 들어가 현관문을 소리 나게 닫았다. 인부들은 짐을 싣고 떠났다.

정화는 저녁 아홉시 반쯤에 돌아왔다. 왜 이렇게 빨리 왔냐고 묻자 대답 대신 술이 고프다고 했다. 나는 위스키와 치즈를 테이블에 갖다놓고 텔레비전을 켠 뒤 정화 옆에 앉았다. 정화 말에 따르면 몇 년 만에 모임에 얼굴을 내민 친구가 있었는데 뜬금없이 청첩장을 들고 오는 바람에 분위기가 약간 어색해져 자리를 일찍 파했다는 것이었다. 사회복지직 공무원으로 일하는 친구로 정화가 보기에는 업무를 견디지 못해 결혼으로 탈출하려는 속셈인 듯했다. 맥주가 몇 잔 들어가자 친구는 인간의 바닥을 보고 싶으면 공무원을 하라면서 민원인들은 죄다

거머……까지 말하다가 마지막 자제심을 발휘하여 아니다, 하며 웃었고, 나머지 사람들은 청첩장 모서리를 접었다 폈다 하면서 고개를 끄덕여주었다.

"걔 옛날부터 나 깔봤다?"

"그래?"

"내 뒷담화 엄청 하고 다니고."

"어이없네."

"위선자 주제에." 정화가 위스키 잔을 세번째로 채웠다. "인스타에서는 맨날 작은 행복 타령했거든. 고양이가 어쩌고, 책 속에서 찾는 안온과 다정이 어쩌고, 소박하고 건강한 밥상이 어쩌고. 근데 오늘은 명품으로 도배를 하고 나왔더라. 예비 남편 뭐하냐니까 건물 관리한대. 지 아버지 건물에서. 연애할 때는 그냥 성실하고 착한 사람인 줄만 알았대. 어떻게 만났는지는 절대 얘기 안 하더라. 신혼여행은 그리스로 간대고."

"결혼식은 언제야?"

"아, 맞다. 청첩장 깜박 놓고 왔다. 그러게 요즘 누가 청첩장을 종이로 주냐." 정화가 치즈에 이쑤시개를 꽂으며 심드렁하게 말했다. "나중에 애들한테 물어보지 뭐."

나는 낮에 있었던 일을 얘기했다.

"어머나." 정화가 말했다. "그럼 그 사람이 요시히로 씨?"

"아닌 것 같아. 네가 사람들 다그쳤다던 그 아저씨 같더라."

"그럼 일본어로 인사는 왜 한 건데."

"순발력이지. 제2외국어를 일본어로 배웠거든. 근데 그게 문제가 아니고," 내가 말했다. "바닥을 뚫었던데."

"바닥을 뚫어?"

나는 고개를 끄덕였다. 남자와 눈이 마주쳐서 뒷걸음질을 치는 사이, 남자의 어깨 너머로 거실 한가운데 파놓은 커다란 구멍이 보였다. 정확히 말하자면 직육면체 모양으로 반듯하게 파놓은 구덩이였다. 언뜻 보아도 사람 하나는 거뜬히 들어갈 만큼 깊고 넓었다.

"잘못 본 거 아냐?" 정화가 말했다. "그런 공사를 하면 관리실에서 가만히 있을 리가 없지. 아파트 바닥은 거미줄이야. 난방 배관에 수도 배관에 엑셀 파이프에 내장재에…… 이 아파트 연식이면 축열재로 경량 기포 콘크리트 말고 콩자갈을 썼을 수도 있겠다."

정화가 발로 바닥을 굴렀다.

"오, 전문가."

"전문가 아니고, 서당개 삼 년." 정화가 술기운이 오른 뺨에 삐딱한 미소를 지었다. "망한 집에서 그거라도 배우지 않으면 뭐가 남겠어."

시청 건축과 과장이던 정화의 아버지는 뇌물죄로 영장 심사를 받기 전날 결백을 주장하는 유서를 쓰고 자살을 기도했다.

병원으로 이송되어 살아는 났지만 오랫동안 의식이 돌아오지 않았다. 정화는 학교가 끝나면 병원으로 가서 휴대폰으로 아버지 사건을 다룬 기사에 달린 욕 댓글을 읽었다. 병실의 가습기는 쌕쌕거렸고, 창밖 하늘은 맑고 상쾌해서 놀러나가기 딱 좋았고, 정화는 앞으로 살면서 도망갈 일이 생기면 깔끔하게 죽어서 끝내겠다고 결심했다.

"아무튼 네가 잘못 본 거야." 정화의 혀가 살짝 꼬이면서 '본'이 '봉'이 되었다. "상식적으로 그렇게 바닥을 왜 파냐."

"묻으려고."

"뭘?"

"마약이나…… 돈이나……"

"굳이 아파트 바닥에?"

내가 생각해도 설득력 없는 대답이었다. 하지만 6월에 두터운 모직 코트를 입고 땀을 흘리는 남자도 설득력이 없기는 마찬가지였다.

텔레비전에서는 산뜻한 오렌지색 정장 차림의 교수가 흡혈귀와 좀비를 소재로 한 만화, 영화 등이 인기를 얻는 이유에 대해 강의를 하고 있었다. 최근 많이 제작되는 종류의 교양 예능으로 연예인, 작가 등을 패널로 앉혀놓은 뒤 전문가들이 강의를 하는 포맷이었다.

교수는 흡혈귀와 좀비를 각각 수직과 수평이라는 측면에서 생각해볼 수 있다고 말하고는 전자 펜으로 전자칠판에 x축과 y축을 그었다.

"흡혈귀는 대상과 수직적인 관계를 맺죠."

화면이 바뀌면서 연미복 차림의 흡혈귀가 관에서 깨어나자 부하가 달려와 시중을 드는 영화 장면이 나왔다. 부하는 곱사 등에 못생긴 남자로 표정은 비굴했으며 얼굴에서는 땀이 비 오듯 흐르고 있었다. 교수가 계속 말했다.

"그래서 어떤 학자는 흡혈귀가 자본가를 은유한다고 주장하기도 해요. 흡혈할 대상을 신중하게 선정해 효율적으로 피를 빨아먹고, 한 방울도 낭비하지 않으니까요. 피를 빨린 사람은 기꺼이 흡혈귀의 부하가 되어 그에게 봉사하죠. 흡혈귀는 수직적 상상력의 괴물이에요. (이때 카메라가 교수의 강의에 집중하고 있는 개그맨의 얼굴을 잡았다.) 반면 좀비는 수평적 상상력의 괴물이죠. 좀비에게 물려 좀비가 되어도 자기를 문 좀비의 부하가 되지는 않잖아요. 좀비는 서로 평등해요. 부자도 빈자도, 자본가도 노동자도 좀비가 되면 모두 똑같아져요. 식욕밖에 없는 괴물이 되니까. 망하면 모두 똑같이 망한다는, 그랬으면 좋겠다는 상상력에서 태어난 게 좀비인 거예요.

요즘은 좀비가 흡혈귀보다 확실히 인기잖아요, 그죠? 그 현상이 암시하는 게 있을 거예요. 좀비처럼 사는 게 두려운 한편 좀비처럼 살고픈 소망이 숨어 있는 건지도 모르죠. 하지만 그런 소망은 어떻게 보면 도피에 불과해요. 살아 있는 사람은 좀비가 될 수 없으니까요. 사람은요, 살아 있는 한……"

나는 리모컨으로 채널을 바꿨다. 특수부대 출신의 유튜버가 자기 집에서 콩나물불고기를 만들고 있었고, 스튜디오에 앉아 있는 진행자들이 그 영상을 보며 리액션을 했다. 유튜버가 고추장양념을 한 돼지고기를 열심히 주물럭거리자 진행자들이 팔근육 좀 보라며 감탄했다. 나는 정화의 옆얼굴을 보았다. 시무룩했고 금방이라도 눈물이 터질 것 같았다.

"밖에 좀 나갔다 올까?" 내가 말했다.

"뭐하러?"

"오늘 재활용 쓰레기 수거일이야. 버리고 오자."

배달 음식 포장재, 편의점 도시락 용기, 청량음료와 생수 페트병, 캔커피 등을 다 모아놓고 보니 양이 제법 됐다. 요령 있게 잘 늘어놓으면 설치미술처럼도 보일 듯했다.

"앞으로는 집에서 밥해 먹어야겠다." 정화가 말했다. "뭐가 이렇게 많아."

나는 그럴 필요 없다고, 그냥 먹고 싶은 걸 먹는 게 제일이라고 얘기했다. 세상이 돈만 내면 밥을 차려주겠다고 대기하고 있는데 왜 굳이 손에 물을 묻히나?

재활용 쓰레기를 버린 뒤 우리는 놀이터 벤치에 앉았다. 비가 약간 내렸는지 벤치가 축축했지만 못 앉을 정도는 아니었

다. 젖은 우레탄 바닥이 가로등 불빛에 반짝였다. 밤공기가 수
박 속처럼 시원하고 싱그러웠다.

"그 친구는 잊어버려. 나중에 우리가 더 잘돼서 밟아주자고."

"응? 아니, 걔는 됐어. 그렇게 살라지."

"그럼 왜 그래?"

"쇼핑몰 걔가 낮에 나한테 문자했다?" 정화가 말했다. "자
기는 사과 안 할 거래. 뭘 잘못했는지도 모르겠고, 일 관두지
도 않을 거래. 내가 뭘 할 건지는 모르겠지만 자긴 끝까지 싸
울 거니까 공론화든 뭐든 할 테면 해보래."

"그러게 그거 잊어버리라니까."

"왜 나만 잊고 사냐. 남들은 하나도 안 잊던데. 옛날 일 하나
하나 다 끄집어내서 사람 죽을 때까지 괴롭히던데. 아빠 수사
받을 때 아빠 친구들이 제일 먼저 배신 때리더라. 별 사소한
것까지 기억해서 다 불고."

"그럼 같이할까?"

"뭘?"

"걔 조지는 거."

"어떻게 하려고?"

"생각해볼게. 방법 없으면 뭐…… 차로 밀어버리든가."

정화가 어처구니없다는 얼굴로 나를 보다가 웃음을 터뜨렸
다. 나도 웃었다. 정화는 내가 진심이라는 걸 알았고, 나도 내

가 진심이라는 걸 알았으며, 우리는 서로를 향한 마음의 통로가 활짝 열리는 걸 느꼈다. 우리는 솔직했다. 위선 따위 떨지 않았다. 주제를 모르는 인간들과는 달랐다. 가끔은 무언가 어긋나는 기분이 들 때도 있었지만 그건 보통 세상과 우리 사이에서 일어나는 일 때문이었지 우리 둘의 문제는 아니었다.

돌아가는 길에 우리는 102호를 지나갔다. 거실 창문에 블라인드가 쳐져 있었다.

"들어가서 확인해볼까? 그 구덩이 진짜 있는지?"

정화가 말했다.

"아까 그런 건 말도 안 된다며."

"그렇긴 해도 직접 확인해보면 마음이 놓이잖아."

"마음이 왜 놓여?"

"최소한 마약이나 돈을 안 묻었다는 건 알게 될 거니까."

집으로 돌아온 뒤 정화는 자러 갔고, 나는 방으로 들어가 남은 일을 마저 했다. 혹시 오늘밤도 문 앞에서 누군가 두런거릴지 모른다는 생각이 문득 떠올라 귀를 기울여보았지만 들리는 소리라고는 책상 주변에서 나는 것뿐이었다. 키보드의 타격음, 전원이 들어온 멀티탭에서 새어나오는 어렴풋한 백색 소음, 서류를 출력하는 동안 덜그럭거리는 프린터의 모터 소리, 정리한 서류를 봉투에 집어넣을 때 종이와 종이가 쓸리는 소리.

일을 마친 뒤 컴퓨터와 전등을 끄고 방문을 닫으려는데 텔레비전에서 들었던 교수의 목소리가 머릿속에서 잔불처럼 깜박였다. 흡혈귀. 좀비. 수직과 수평. 설사 인간이 그런 괴물이 된다 한들 뭐가 문제일까? 어릴 때는 그런 것들이 사람들에게 겁을 주려고 누군가 꾸며낸 존재라고 생각했다. 하지만 어쩌면 그것들은 위안을 주려고 창조되었는지도 몰랐다. 여기 아닌 어딘가에 지금과 이어지는 다른 삶이 있을 거라는, 설사 험악하고 두렵고 컴컴해도 어쨌거나 삶이 있을 거라는 위안.

그뒤로 이 주가 지났지만 요시히로 씨는 이사를 오지 않았다.
"이상하네." 정화가 말했다.
"사정이 있겠지. 나 오늘 좀 늦을지도 몰라. 외근 다녀오거든."
"외근?"
"얼굴 보고 얘기하자는 고객이 계시네."
"꼭 그런 사람이 있더라."
현관문을 나서다가 이상한 기분이 들어 뒤를 돌아보았다. 정화가 손을 가볍게 흔들었다. 최근 들어 정화는 눈에 띄게 여위어갔는데 정화도 나도 이유를 잘 알 수 없었다. 가벼운 빈혈도 있어서 철분제를 주문해 복용했다. 하지만 식욕은 그 어느 때보다도 왕성해서 내가 없을 때 찜닭 대짜를 배달시켜 앉은 자리에서 다 먹어치운 적도 있었다.

실버타운에 도착한 건 느지막한 오후였다. 로비에서 직원에게 신분증을 맡기고 출입증 발급을 기다리는 동안 수영복 위에 가운을 걸친 노인들이 지나갔다. 노인들의 몸에서 물방울이 뚝뚝 떨어지는 것이 마치 남은 수명이 흘러내리는 듯했다.

출입증 발급 절차가 끝난 다음 사방이 유리로 된 엘리베이터를 타고 올라갔다. 왼쪽으로 스포츠센터와 정원이, 오른쪽으로 신록에 뒤덮인 산과 명상센터가 보였다. 보증금과 생활비가 얼마인지 들었었는데 잊어버렸다. 무척 비싸다고 생각했던 기억만 남아 있었다.

고객은 창가 의자에 앉아 나를 기다리고 있었다. 소장으로 퇴역 후 군납 식자재 사업을 벌여 큰 성공을 거둔 남자로, 짧게 친 백발에 등이 여전히 꼿꼿했다. 준비해온 서류를 보여주자 노인은 안경을 쓰고 고개를 뒤로 슬쩍 뺀 자세로 서류를 찬찬히 뜯어보았다. 대부분의 고객은 전화와 이메일을 통해 상담하는 것으로 충분했지만 어떤 사람들은 제 손으로 종이를 쥐고 확인해야 만족했다. 실제로 인쇄된 글을 봐야만 마음이 놓이는 것이었다.

나는 편안한 마음으로 창밖의 경치를 내려다보았다. 서류 속 숫자와 그래프는 너무 비현실적으로 잘 들어맞지 않도록 세밀하게 정리되어 있었다. 차분하면서도 격조 있는 색으로 그래프를 채웠고 군인 출신임을 고려해 폰트는 휴먼명조체를 사용했다. 밤에 집에서 열심히 매만진 결과였고, 내가 봐도 그 럴싸했다. 이제 와서 실수가 있다 해도 상관없었다. 노인이 맡 긴 돈은 어차피 한푼도 안 남았고 그 내용은 노인이 신중하게 읽고 있는 서류에는 당연히 없었다. 내가 일부 고객들이 금융 상품에 투자한 돈으로 주식거래를 하다가 모두 날려버렸고, 나름 손실을 막아보려 애를 썼지만 더는 방법이 없다는 걸 알 게 되자 다른 고객들의 돈까지 건드리기 시작했다는 사실도 적혀 있지 않았다. 처음에는 겁이 났지만 세상 모든 일들이 그 렇듯 나는 금세 적응했고, 마음이 편해졌다. 숫자를 만지다보 면 늘 빠져나갈 방법이 있는 것 같았고, 실제로 지금까지는 문 제가 일어나지 않았다. 이쪽에서 저쪽으로 돈이 이동했다는 기록만 확인할 수 있도록 해놓으면 아무도 신경쓰지 않았다.

노인이 몇 가지 질문을 했고, 나는 현재 투자한 상품을 철회 하는 것은 시장 상황을 볼 때 권하지 않는다고 했다. 특히나 노인이 가입한 상품의 조건과 수익률은 현 경제 상황에서는 다시 나올 수 없는 것이라는 점을 강조했다. 노인은 납득했고, 전화로 처리해도 될 일을 굳이 여기까지 불러서 미안하긴 하 지만 그 정도는 고객으로서 당연한 권리 아니냐고 했다. 노후 자금을 전부 털어 넣었기 때문에 예민할 수밖에 없고 여기 생 활비도 오를 예정이라 두 눈으로 직접 확인하고 싶었다고 말 했다. 나는 당연히 이해한다고, 아무것도 걱정할 것 없다고,

다 잘되고 있다고 노인을 다독였다. 사실 잘될 방법은 절대 없었지만 그렇게 말하자 정말 잘될지도 모르겠다는 기분이 잠깐 들었다.

집으로 가는 동안 도로는 퇴근길에 오른 자동차들로 북적였다. 꽉 막힌 도로를 천천히 움직이는데 정화에게서 문자가 왔다. 엄마한테 급히 다녀올 일이 생겼다며 저녁은 알아서 챙겨 먹으라는 내용이었다. 전화를 걸었지만 받지 않아서 나는 잘 다녀오라고 답문을 남겼다.

정화에게는 돈을 빼돌릴 명의가 필요해졌을 때 얘기했다. 정화는 잠깐 놀랐지만 이내 현실을 받아들였고, 만약의 경우에 대비해야 한다는 사실을 이해했다.

"아빠가 자살 시도를 하기 전에 재산 문제를 제대로 처리하지 않았거든. 그것만 해놨어도 우리집이 그렇게까지 힘들지 않아도 됐는데."

주차장에 차를 댔을 때는 한밤중이었다. 차에서 내리기 전 정화에게 다시 전화를 걸어봤지만 이번에는 전화기가 꺼져 있었다. 나는 오는 길에 산 햄버거 세트를 들고 집으로 갔다. 공동 현관 앞에서 비밀번호를 누르자 유리문이 조용히 열렸다.

안으로 들어가는데 순간 몸이 멈칫했다. 센서 등이 고장이 났는지 켜지지 않았다. 바깥은 어두웠고 안쪽은 컴컴했다. 어깨 근육이 저절로 긴장되면서 등과 목뒤가 뻐근해졌다. 내게 동물적인 감각 같은 게 있을 거라는 생각은 한 번도 해본 적이 없었는데, 지금 그 감각이 깨어나고 있었다.

102호 앞에 누군가 서 있었다.

처음에는 어둠과 분간할 수가 없었다. 그러다 어둠에 눈이 익자 사람의 윤곽이 차츰 눈에 들어왔다.

중키의 야윈 남자였다. 후드가 달린 검은색 코트와 검은색 바지, 검은색 구두 차림이었으며, 후드를 푹 눌러쓰고 있었다.

검은 옷의 남자는 말없이 102호 앞에 서서 심호흡을 하듯 길게 숨을 들이마시고 내뱉기를 반복했다. 그 모습을 보며 알 수 없는 위화감이 들었는데, 돌연 그 이유를 깨닫자 팔뚝에 소름이 돋았다.

남자의 숨소리 말고는 어떤 소리도 들리지 않았고 어떤 빛도 보이지 않았던 것이다.

아무리 밤이고 아파트 단지가 길 안쪽에 있다지만 거리의 소음과 빛이 미치지 않을 정도로 외지고 어둠침침한 곳은 아니었다. 배달 오토바이가 지나가는 소리도, 누군가 술에 취해 지르는 고함도 당연히 들려야 했다. 가로등 불빛이, 네온사인과 교회 십자가와 음식점 간판에서 나오는 빛이 공동 현관 안을 비춰야 했다. 하지만 지금 이곳은 마치 널찍하고 두꺼운 천에 뒤덮인 것처럼 암흑과 침묵 말고는 아무것도 없었다.

정확히 말하면 암흑과 침묵과 나, 그리고 (어쩌면) 요시히로 씨 말고는.

아마 내 앞에 서 있는 사람은 요시히로 씨일 것이다. 어째서 그런 생각이 들었는지는 모르지만 그것 말고 다른 가능성은 없어 보였다.

암흑과 침묵과 나와 (분명) 요시히로 씨는 한동안 그렇게 서 있었다.

요시히로 씨가 한번 더 깊이 숨을 들이마시고 내뱉었다.

그걸 신호 삼아 나는 몸에 힘을 주며 발을 내디뎠다. 공동 현관에서 우리집 현관문까지는 다섯 걸음에 불과했는데, 마치 지구에서 목성까지 이어진 길의 초입에 서 있는 기분이었다.

나는 몸이 닿지 않도록 어깨를 최대한 옆으로 빼서 요시히로 씨를 지나쳤다. 요시히로 씨는 미동도 하지 않았다. 내가 있다는 사실 자체를 알아차리지 못하는 듯했다.

현관문에 달린 디지털 도어록에 손을 대자 숫자들이 반짝였다. 비밀번호를 누르자 모터가 돌아가는 소리가 나며 문이 열렸다. 나와 요시히로 씨를 같은 공간에 가두고 있던 어둠과 침묵에 금이 가는 게 느껴졌다.

나는 얼른 안으로 들어가 문을 닫고 걸쇠까지 잠근 다음 숨을 헐떡였다. 현관 센서 등이 내 움직임에 반응하여 켜졌다가 잠시 뒤 꺼졌고, 내가 몸을 꿈틀 움직이자 또 켜졌다가 꺼졌다. 바깥을 내다볼 용기가 난 건 그렇게 센서 등이 대여섯 번

켜졌다가 꺼지고 난 뒤였다. 문을 열자 백팩을 멘 고등학생이 엘리베이터 앞에 서 있다가 의아하다는 듯 나를 보았다.

102호 앞에는 아무도 없었다.

요시히로 씨는 결국 이사를 오지 않았다.

정화도 돌아오지 않았다.

둘 중 어느 쪽이 먼저였느냐 하면, 내 일이 제일 먼저 잘못되었다. 뉴스에 다 나왔으니 이 얘기는 길게 하지 않겠다. 실버타운의 노인이 기자와 인터뷰를 했다. 노인은 내가 자식 같아 보여서 전 재산을 믿고 맡겼을 뿐이라며, 일이 이렇게 되고도 회사에서는 투자를 결정한 투자자에게도 책임이 있다는 말만 앵무새처럼 되풀이한다고 분통을 터뜨렸는데, 음성변조된 목소리로 듣는 억울함과 분노에는 색다른 맛이 있었다. 시사 프로그램 진행자는 피해자가 십수 명에 달하고, 심지어 내가 정신이 오락가락하는 할머니에게도 상품을 팔았다고 규탄했다. 다른 건 몰라도 후자에 대해서라면 할말이 있었다. 계약서에 서명을 할 때 그 할머니는 정신이 말짱했고, 며느리와 딸이 음식에 사람을 서서히 죽이는 독을 탄다는 본인의 확신에 대해서도 조리 있게 근거를 대가며 설명했다. 그게 얼마나 서서히 사람을 죽이는 독이냐고 내가 묻자 할머니는 잠시 생각해보더니 자연사와 비슷한 속도 같다고 대답했다.

대부분의 도피란 잡힐 때까지의 기간을 가능한 연장하는 경주에 지나지 않는다. 그런 의미에서 나는 꽤 잘 달렸다. 위험한 순간도 있었다. 한번은 술을 사러 모텔 밖으로 나갔다가 파키스탄 사람들과 시비가 붙는 바람에 곤경에 빠졌다. 사람들이 골목에서 나를 둘러쌌고, 나는 죄송하다고, 관광 온 일본인이라서 실수했다고, 학교에서 배운 일본어로 더듬더듬 사과했다. 눈매가 무서운 남자가 내 어깨를 잡더니 진짜 일본 사람이냐고, 일본 사람이 뭐하러 이런 동네를 돌아다니고 있냐고 따졌다. 나는 내 이름은 요시히로이며 길을 잃었다고, 다시 한번 죄송하다고 입에서 나오는 대로 주워섬긴 뒤 그 자리를 벗어났다.

정화의 휴대폰은 여전히 꺼져 있었다.

처음에는 정화가 돈을 챙겨 달아난 거라고 생각했다. 속이 상했지만 원망스럽지는 않았다. 하지만 경찰에 따르면 나뿐 아니라 내 아내의 행방 역시 묘연하다는데 함정 같지는 않았다. 형사들이 도청하고 있어도 어쩔 수 없다는 각오를 하고 장모님에게 전화를 걸어보았지만 장모님은 정화가 나랑 같이 있는 거 아니냐며 얼른 자수하라고 울었다.

"상품권? 자네 도대체 무슨 소리를 하나?"

차라리 돈을 챙겨서 도망이라도 간 거라면 좋겠다고 생각하던 어느 날, 나는 모텔에 설치된 바이러스투성이 컴퓨터로 알고리즘에 따라 유튜브를 돌아다니던 중 낯익은 얼굴과 마주쳤다. 흡혈귀와 좀비 강의를 한 교수였다. 나는 동영상을 클릭해 그때 내가 보지 못했던 뒷부분을 재생시켰다. 교수가 말했다.

"철학적으로 흡혈귀와 환대를 연결할 수 있을까요? 뱀파이어는 반드시 집안에 있는 사람의 허락을 받아야 안으로 들어갈 수 있다고 해요. 이 설정을 제목으로 삼은 영화가 있지요. 여러분이 많이 보신 작품일 텐데요……"

굳이 현관까지 들어와서 사인을 받아가더라고.

시외버스에서 내렸을 때 나는 경찰들이 기다리고 있을지도 모른다고 생각했다. 하지만 경찰은커녕 서운할 만큼 아무도 눈길을 주지 않았다. 나는 택시를 타고 시외버스 터미널을 빠져나갔다. 기사가 정치 얘기를 하려고 운을 뗐지만 나는 대꾸하지 않았다. 택시에서 내려 다시 한번 정화에게 전화를 걸었다. 여전히 휴대폰은 꺼져 있었다.

아파트 단지는 조용했다. 우리집 창문은 새까맸다. 102호도 마찬가지였다. 나는 공동 현관 비밀번호를 누르고 안으로 들어갔다.

센서 등이 켜지지 않았다.

갑자기 그때의 감각이 되살아났다. 암흑과 침묵과 나와 (분명) 요시히로 씨만이 존재했던 그날 밤의 감각이. 주위는 무덤처럼 조용했고, 짙은 어둠이 나를 통해 쌕쌕거리며 숨을 쉬고 있었다.

나는 후드가 달린 검은색 코트와 검은색 바지, 검은색 구두 차림이었다. 후드는 푹 눌러쓰고 있었다. 눈에 띄지 않기 위해 고른 복장이었다.

검은 옷을 입고 후드를 뒤집어쓴 중키의 야윈 남자.

102호 앞에 서자 목뒤에서 식은땀이 흘렀고 심장이 마구 뛰었다. 입에서는 가쁜 숨이 흘러나왔다. 나는 몇 번이고 심호흡을 했다.

들어가서 확인해볼까? 그 구덩이 진짜 있는지?

직접 확인해보면 마음이 놓이잖아.

나는 102호의 문손잡이를 잡았다. 문이 잠겨 있다면 미련 없이 집으로 갈 생각이었다. 체포되건 말건 거기서 정화가 돌아오길 기다릴 작정이었다.

문손잡이가 매끄럽게 돌아가며 문이 열렸다. 나는 안으로 들어갔다. 어둠 속에서 보이는 요시히로 씨의 집 거실에는 아무것도 없었다.

벽, 기둥, 바닥, 천장, 그게 다였다.

그리고 구덩이가 있었다.

거실 한가운데 반듯하게 뚫린 직육면체 모양의 어둠 속 어둠. 착각했던 게 아니었다. 구덩이는 집안의 중앙에서 강렬한 존재감을 내뿜고 있었다.

거실 벽의 전등 스위치를 눌렀지만 불은 들어오지 않았다. 나는 천천히 집안을 둘러보았다. 눈이 어둠에 충분히 익숙해져서 움직이는 게 불편하지 않았다.

집안의 나머지 공간도 비어 있기는 마찬가지였다. 안방에도, 작은방에도, 욕실에도, 주방에도, 아무도, 아무것도 없었다. 정화도 없었다. 벽지도 모두 벗겨내고 바닥도 모두 들어내서 눅눅하고 퀴퀴한 콘크리트 냄새가 났고 발밑에서는 돌가루가 버석거렸다. 방의 위치는 정확히 우리집과 대칭이었고, 나는 거울 저편의 황량한 세계에 들어온 기분에 사로잡혔다.

집안을 다 둘러본 다음 나는 거실로 돌아와 구덩이를 내려다보았다.

과연 정화가 이 구덩이를 확인하러 올지 확신할 수는 없었다. 하지만 이곳이 아니라면 어디서 정화를 찾을 수 있을지, 기다릴 수 있을지도 알 수 없었다.

갑자기 피로가 몰려왔다. 쉬고 싶었다. 그리고 지금 이 집안에서 제대로 다리를 뻗을 수 있을 곳은 여기뿐인 듯했다.

나는 요시히로 씨의 자리로 들어가 누운 다음 몸을 폈다. 정수리와 발바닥이 정확히 위아래 면에 닿았다. 팔을 옆구리에 붙이기에는 폭이 비좁아서 양팔을 가슴 위로 엇갈려 올리니 자로 잰 듯 딱 맞았다. 등이 뜻밖에 푹신했다. 눈꺼풀이 무거워졌다. 여기서 조금 쉬고 나면 기운을 차릴 수 있을 듯했다.

잠들기 전에 마지막으로 든 생각은 혹시나 요시히로 씨가 이 삿짐을 들고 나타났을 때 이 광경을 보게 되면 어쩌나 하는 걱정이었는데, 어떻게든 설명할 방법이 있을 것이다.

힘내는 맛

민경완의 옆자리에 앉은 여자는 안전벨트를 매자마자 안대를 쓰고 고개를 뒤로 젖히며 취침 준비에 들어갔다. 시외버스가 출발하자 차 안은 바퀴 달린 수면실로 변했고, 마흔다섯 개의 좌석을 꽉 채워 앉은 장거리 출퇴근 직장인들이 잠에 취해 내쉬는 날숨이 마스크를 뚫고 귤빛 조명이 어둑히 빛나는 버스 천장으로 올라갔다. 여자는 고개를 꾸벅이다 제풀에 놀라 깨곤 했는데, 그 동작이 신경쓰여 경완은 제대로 눈을 붙이지 못했다.

　버스가 고속도로에 진입할 때쯤 날이 밝아왔다. 쨍하고 서늘한 아침햇살이 엷은 커튼 너머로 들어오자 군데군데에서 몸을 뒤척거리는 소리가 났지만 이내 조용해지며 엔진소리와 바퀴 축의 진동만 남았다.

전날 나눈 통화에서 전화영문학관의 관리자는 터미널로 마중을 나오겠다며 버스에서 내리는 대로 전화를 달라고 했다 ("문학관 오는 교통편이 편하지는 않거든요"). 경완이 근무하는 연구소의 상임 연구원은 바람 좀 쐬고 온다 생각하세요, 라고 포상이라도 하듯 굴면서 남은 세미나 자료집 편집은 윤상아씨가 맡을 거라고 했다. 상아씨는 그 말이 들리는 거리에 있었는데도 모니터에 입수 자료 목록을 띄워놓고 정리에만 집중하고 있었다.

고속도로를 달리던 버스가 정체 구간 앞에서 갑자기 속도를 줄이는 바람에 옆자리 여자의 고개가 긴 포물선을 그리며 기울다가 앞좌석 등받이에 충돌했다. 크게 퍽 하는 소리가 났고, 앞자리 승객이 화들짝 놀라 뒤를 돌아보았다. 여자는 안대를 벗고 이마를 문지르며 아야야, 하고 신음하다가 안대를 떨어뜨렸다. 경완이 안대를 주워 건네주려다가 비몽사몽간에 안대를 찾아 헤매던 여자와 머리를 부딪쳤다. 여자가 아우, 하며 머리를 감쌌다. 생체 알람이 울리기 시작한 직장인들이 정신을 차리며 하품을 하고 목을 돌렸다.

두 시간 반 뒤 버스가 터미널에 도착했을 때 차 안에는 경완만 남아 있었다. 경완은 화장실에 들른 다음 터미널 건물 밖으로 나와 문학관 관리자의 번호로 전화를 걸었다. 높고 가는 목소리의 남자가 바로 응답했다. "전화영문학관 고승재입니다."

"안녕하세요. 어제 전화드린 봉암인문연구소……"

"네네, 민경완 선생님? 오셨어요?"

"네, 어디세요? 주차장으로 갈까요?"

"아, 곧 출발합니다. 한 십 분이면 도착해요."

마중나온다더니. 경완은 전화를 끊고 곱은 손을 비벼 녹였다. 키 작은 건물들이 도로 양옆에 큰 굴곡 없이 늘어서 있었고, 거리에 사람은 뜨문뜨문했다. 길 건너편에 우뚝 선 은행나무 뒤로 농수산 마트가 막 개장을 하려는 참이었다.

연두색 경차가 인도에 서서 떨고 있는 경완 앞에 멈춰 선 것은 그로부터 반시간 뒤로, 그때 경완은 마트 앞에 내걸린 한우 특가 할인 현수막을 보고 삼십오 프로를 깎아도 등심은 비싸구나, 라고 새삼 실감하며 백 그램에 저 가격이면 한 근은 얼마일지 암산을 하던 중이었다. 장발을 뒤로 질끈 묶고 뿔테안경을 썼으며 마스크를 코 아래에 걸친 남자가 차창을 내리고 타라는 손짓을 했다.

"오래 기다리셨어요?"

"어…… 아뇨, 괜찮습니다."

고승재는 조수석에 놓인 이면지와 플라스틱 파일을 뒷좌석으로 집어던졌다. 경완이 좌석에 앉아 안전벨트를 매자 고승재는 좌우를 흘끔거리더니 노란색 중앙선을 넘어 신속하게 유턴을 했다. 경완의 몸이 왼쪽으로 크게 기울었다.

"새벽에 나오셨겠네요? 거기 박스에 음료수 있는데 드실래요?"

"아니요, 괜찮습니다."

"그거 힘내는 맛인데."

"무슨 맛이요?"

"힘내는 맛. 확인해보세요."

경완이 글러브 박스를 열어 망고 그림이 그려진 플라스틱컵 음료를 꺼냈다.

"망고맛 같은데요."

"드셔보시라니까요. 먹어봐야 알죠."

"나중에 마실게요." 경완은 음료를 박스에 도로 집어넣었다.

"점심은 드시고 가실 거죠?" 사거리에서 노란불이 깜박일 때 빠르게 좌회전을 하면서 고승재가 말했다. 고승재의 운전 스타일은 신속하고 과감한 듯했다. 경완은 이번에는 배와 허리에 힘을 주며 버텼다.

"점심이요?"

"자료 넘겨드리고, 점심식사 저희랑 같이한 다음에 제가 터미널까지 다시 모셔다드릴게요. 버스 시간표는 외우고 있으니까. 선생님이 손님 오셨다고 반가워하세요. 근데 봉암인문연구소? 거기는 연봉이 얼마예요?"

마지막 질문이 하도 급작스럽게 치고 들어와서 경완은 자기가 뭘 잘못 들었나 싶었다. 고승재는 빨간불 앞에서 대기하는 동안 진지한 표정으로 경완을 빤히 보며 대답을 기다렸다.

"연봉이요…… 저는 연봉이 아니라 월급 개념인데…… 비상근이기도 하고…… 아주 많다고 하긴 어렵죠."

"그렇겠죠? 저도 올해는 반드시 논문 끝내고 올라갈 생각이거든요. 여기 생활이 나쁜 건 아닌데 이제 뭐, 저도 제 길을 가야 하니까."

"아…… 그렇죠. 그럼 전화영 선생님 주제로 논문을 쓰고 계시는 건가요?"

"네? 왜 그렇게 생각하세요?"

"아니, 문학관에 계시길래."

"아니에요. 그럴 리가 없잖아요." 고승재가 어이없다는 듯 웃었다. "우리 선생님이야 당연히 좋은 분이죠. 근데 논문은…… 논문이라…… 아시면서."

아니, 경완은 몰랐다. 이번 일을 맡기 전까지만 해도 경완은 전화영이라는 작가는 물론이고 그의 대표작이라는 『별 위에 달이 뜨면』에 대해서도 전혀 아는 바가 없었다. 사전 조사차 경완이 찾아낸 전화영에 대한 연구는 총 세 건으로, 그중 두 건은 비슷한 시기에 활동한 다른 여성 작가들과 비교하며 지나가듯 서술한 것이 전부였고, 나머지 한 편만이 『별 위에 달이 뜨면』을 1970년대 통속소설의 범람 속에서 유의미한 성취를 거둔 장편으로 제법 비중 있게 다루고 있었다. 아마 소장이 학술 대회 발표문의 아이디어를 얻은 것도 그 논문에서였을 것이다. 책이 필요하면 도서관에 알아봐서 복사를 해오면 될 일인데 스스로를 견결한 '원전주의자'라 자부하는 소장은 굳이 작가에게 직접 자료를 받아야겠다고 고집을 부렸다.

『별 위에 달이 뜨면』을 비중 있게 다룬 논문의 저자는 그 작품을 가리켜 '한 화가의 일대기를 통해 산업화와 도시화 속 인간의 정동을 멜로드라마의 플롯으로 추적한 작품'이라 추어올리면서도 '그 통속성은 명백한 한계를 노정하고 있다'며 가차 없이 선을 긋고 있었다. 경완은 그런 문장을 읽다보면 통속성이 뭐 죽을죄라도 되나, 라며 삐딱한 기분이 드는 한편으로 한 사람의 창조력과 재능 거의 전부를 갈아 넣은 결과물이 몇 줄로 간단히 정리되는 냉정함 앞에서 애처로움과 쓸쓸함을 느끼곤 했다. '거의 전부'가 과장이 아닌 것이, 전화영의 소설 경력은 그 장편과 단편집 한 권이 다이기 때문이었다. 그 이후로 제목만 읽어도 내용이 짐작 가는(『내 남편은 남의 편』) 수필집 세 권 외에 더 출간된 게 없으니 문학관 건립에는 『별 위에 달이 뜨면』의 공로가 지대했겠지만, 과연 이게 문학관을 세울 만큼의 공로인가 싶은 의아함이 들다가도 정치와 행정과 예술이

교차하는 지점에서는 가끔씩 의외의 결과가 튀어나오곤 한다는 사실을 경완은 그간의 경험을 통해 어렴풋이나마 깨우쳤기 때문에, 이제 와서는 다들 자기 책임이 아니라고 외면할 상황과 맥락이 그때는 분명 있었을 것이었다.

어쨌거나 경완이 깊이 생각할 일은 아니었다. 그는 『별 위에 달이 뜨면』의 초판본과 집필 자료를 받아가면 그만이었다. 전화영은 택배로 자료를 보내다 배송 사고라도 날까 불안하다며 연구소측에서 직접 수령해가길 희망했는데, 처음에 다녀오기로 정해져 있던 다른 연구원이 코로나에 감염되어 격리되는 바람에 경완이 오게 된 것이었다. 바람 좀 쐬는 기분으로 하면 되는 일. 상아씨와 같이 바람을 쐬었어도 좋았을 일. 경완은 맥락 없는 상념에 빠져들었다가 고승재가 "……신가요?"라고 묻는 목소리에 현실로 되돌아왔다.

"죄송합니다. 못 들었어요." 경완이 사과했다.

"점심으로 보리밥 정식 괜찮으시냐고요. 선생님이 손님만 오면 모셔가는 데가 있거든요."

"보리밥……"

"저는 지겨워 죽겠는데 말이죠. 김치가 너무 시어요."

"네……"

대화가 끊겼다. 차창 밖으로 패스트푸드점, 화장품 가게, 분식집, 모텔, 마을버스, 시장, 사람들, 노래방, 단란주점, 경찰서가 지나갔다. 고승재가 다시 입을 열었다.

"궁금하시죠?"

"뭐가요?"

"표정에 다 나오는데. 궁금하신 거 아니에요? 왜 이 사람은 논문으로 쓰지도 않을 작가의 문학관에 처박혀 있을까, 그런 생각 하시는 거잖아요."

"처박히다뇨. 그런 생각 안 했는데요."

"처박힌 거 맞죠. 문학관 뒤로 요즘 물까치들 날아다니는데, 물까치 보신 적 있어요?"

"아뇨."

"까치인데, 그냥 까치라면 검은 부분이 걔들은 파래요. 그래서 물까치예요. 물 색깔이라서. 작년이랑 재작년에는 확실히 본 기억이 없거든요. 그전 해는 아삼아삼하고. 근데 요즘 갑자기 나타나서 막 날아다니길래 그 얘기를 했더니, 선생님이 뜬금없이 너 나랑 사 년째였냐, 그러는 거예요."

"사 년째요?"

"네, 사 년째. 그런데 그게 참, 그냥 지나가는 말인데 갈수록 생각이 많아지더라고요. 뭐랄까, 내 마음이 배신당한 느낌? 여기서 사 년이나 같이 지냈는데 그걸 기억을 못 하시네? 그런 생각이 드니까, 진짜 하루라도 빨리 벗어나야겠다, 여긴 내가 있을 곳이 아니다, 거기까지 생각이 미치는 거죠."

"그럴 수 있겠네요."

"고시나 공시 장수생들이 말이죠. 처음 일이 년은 열심히 하는데 삼 년 넘어가면 관성이 돼서 공부를 위한 공부를 하는 경우가 많아요. 시험에 집착하는 것처럼 보여도 실은 수험생이라는 상태에 안주하는 거죠. 근데 저는 삼 년도 아니고 사 년이잖아요. 벗어나야죠."

경완은 고개를 끄덕였다. 자신이 논문 주제도 아닌 작가의 문학관에 사 년씩이나 처박혀 있는 이유는 일신의 안온함에 젖어서라는 소리인 듯했다. 벗어남에 대해서라면, 상아씨는 발목에 굵은 고무줄을 건 채로 살아가는 기분이 들 때가 있다고 말한 적이 있었다. 앞으로 한 발짝 나아가려 할 때마다 뒤에서 끈질기게 잡아당기는 힘을 느낀다면서.

"다 왔어요." 고승재가 시동을 껐다.

경완은 차에서 내려 이층짜리 단독주택을 개조해 만든 전화영문학관을 바라보았다. 문학관은 조금 높은 언덕에 위치해 있었는데, 벽돌담이 있었을 자리에는 제라늄을 심은 조그만 화분들이 줄줄이 놓여 있었고, 쇠파이프와 철사, 플라스틱 포도송이를 얼기설기 기워 만든 아치형 문에는 「고향 찬가」의 작가, 전화영문학관'이라고 적힌 낡은 나무 간판이 걸려 있었다. 문학관 뒤로는 낙엽이 거의 다 진 숲이 보였다. 건물 옆으로 산책로가 나 있었다. 물까치가 날아다닌다는 데가 저기인 듯했다.

고향 찬가?

"들어가시죠." 고승재가 그렇게 말하며 앞장섰다.

경완이 현관에서 슬리퍼로 갈아 신고 안으로 들어가자 바로 보이는 벽에 커다란 흑백사진이 걸려 있었다. 살짝 몸을 튼 채 온화하게 웃으며 정면을 보는 마흔 초반의 여성을 찍은 사진으로, 그 사진에도 얼굴 옆에 「고향 찬가」의 작가 전화영'이라는 문구가 호랑이 눈썹 같은 서체로 적혀 있었다.

"여기 앉아 계세요. 선생님 모시고 올 테니까."

고승재는 경완을 본래 거실이었을 공간에 놓아둔 소파에 앉히고 이층으로 이어지는 나무 계단을 올라갔다. 고승재가 계단을 밟을 때마다 삐걱거리는 소리가 났다.

경완은 소파에서 일어나 주위를 둘러보았고, 오 분도 안 되어 전화영 문학관 관람을 마쳤다. 현관 쪽 벽에는 문학관을 찾아주어 감사하다는 인사말과 함께 작가의 약력이 적힌 액자가 걸려 있었고, 그 밑의 유리 쇼케이스에는 작가가 쓴 책이 전시되어 있었다. 『별 위에 달이 뜨면』, 단편집, 수필집 세 권. 그 맞은편 벽에는 초가집과 허수아비와 소와 농부와 저녁노을과 참새가 노니는 토속적 유토피아를 묘사한 세피아톤의 그림을 배경으로 수필에서 발췌한 구절과 그 수필의 제목이 '고향 찬가'임을 알려주는 문구가 인쇄된 널찍한 패널이 걸려 있었다.

경완은 마지막으로 창문을 합판으로 가려 만든 벽에 걸린 사진들을 살펴보았다. 모두 전화영 작가를 찍은 사진들이었다. 지역 라디오에 출연해 대담중인 전화영 작가, 지역 백일장 시상중인 전화영 작가, 젊은이들이 가져야 할 올바른 인생관에 대해 군청에서 강연하는 전화영 작가, 지역 작가협회 야유회에서 새마을 모자를 쓰고 돗자리에 앉아 있는 전화영 작가, 도지사와 함께 독거노인에게 보낼 김치를 담그는 전화영 작가, 합창곡으로 만든 〈고향 찬가〉 공연에 참석한 전화영 작가, 등등.

경완이 서 있는 쪽에서 대각선 방향으로 부엌이 보였다. 전시용 부엌이 아니라 진짜 부엌이었다. 그릇과 컵, 찻잎이 든 병들이 깔끔하게 정리되어 놓여 있었다. 나무로 된 마룻바닥은 먼지 하나 긴 데 없이 반질반질했고, 오래된 집에서 날 법한 퀴퀴한 냄새 대신 은은한 라벤더 향이 감돌았다.

낡긴 했지만 깔끔하고 꼼꼼하게 관리된 공간이었다.

그때 쿵쿵거리는 발소리와 함께 고승재가 서둘러 계단을 내려왔다. 그는 경완을 지나쳐 부엌 옆에 있는 화장실 문을 쿵쿵 두드렸다. 반응이 없자 고승재는 조심스레 문을 열어 안을 확인한 다음 경완을 돌아보았다.

"혹시 아까 차에서 내렸을 때 선생님 보셨어요?"

"아뇨…… 누굴 본 기억은 없는데."

"미치겠네. 폰은 왜 또 놔두고……"

고승재가 자기 휴대폰 모서리로 관자놀이를 긁다가 경완을 보았다.

"같이 좀 나가시죠."

두 사람은 문학관 앞마당으로 나왔다. 고승재가 경완에게 말했다.

"저기 산책로를 따라 쭉 가보세요. 저쪽으로 갔다면 아주 멀리는 못 가셨을 거예요. 중간에 늘 쉬시는 벤치가 있거든요. '선주산 등산로'라고 적힌 표지판이 나올 때까지 선생님이 안 보인다, 그러면 그냥 여기로 돌아오세요. 혹시 선생님을 발견하면 전화 주시고요. 저는 저쪽 가서 찾아볼게요."

말을 듣는 동안 경완은 걱정스러워지기 시작했다.

"경찰에 신고 안 해도 돼요?"

"가시는 데가 정해져 있어요."

고승재는 조금 전 자동차로 올라왔던 길을 종종걸음으로 내려갔다. 꽁지머리가 덜렁덜렁 흔들렸다.

경완은 얼떨떨한 기분으로 산책로를 따라갔다. 길을 벗어나 숲 어딘가에 쓰러져 있거나 자기가 누군지도 모른 채 벤치에 홀로 앉아 있는 노인의 모습 같은 불길한 이미지가 떠올랐다. 타다닥, 하는 소리에 고개를 들어보니 파란색 깃털의 새들이 앙상한 나뭇가지를 때리며 이리저리 날아다니고 있었다. 길은 평탄했지만 습기로 축축했다. 비탈 아래로 초등학교가 보였다. 미니어처처럼 보이는 초등학생들이 운동장을 뛰어다니고 있었다.

얼마 안 가 두 갈래의 갈림길이 나왔다. 갈림길에 세워진 표지판에 따르면 왼쪽 길로 일 킬로미터를 더 가면 선주산 등산로가 나오는데, 마침 그쪽 방향에서 빨간색 트레이닝복에 선글라스를 쓰고 목에 휴대용 라디오를 건 남자가 팔을 크게 휘두르며 걸어오는 중이었다. 경완은 남자에게 혹시 벤치에 앉아 있는 할머니를 보지 못했냐고 물었다.

"벤치에 앉은 할머니?"

"네."

"벤치는 아저씨 등뒤에 있는데?"

경완은 뒤를 돌아보았다. 오른쪽 갈림길 나무 벤치에 짙은 갈색 조끼를 입은 여성이 앉아 있었다. 혼자는 아니었다. 반들반들 빛나는 검정색 점퍼에 파란색 스카프를 매고 쥐색 중절모를 쓴 남자 노인과 함께였다. 노인이 숲 저쪽을 가리키며 뭐라고 말하자 여성이 행복하게 웃었다. 노인도 같이 웃으며 여성의 무릎에 손을 얹었다. 여성이 노인의 손 위에 자기 손을 얹었는데 저리 치우라는 의미 같지는 않았다. 경완은 벤치로 다가갔다.

"혹시 전화영 선생님이세요?"

문학관에 걸린 사진보다 삼십 년 정도 더 나이를 먹은 전화영이 자기 손을 거두며 웃음기가 남아 있는 표정으로 경완을 올려다보았다.

"네, 그렇습니다만?"

"안녕하세요. 봉암인문연구소에서 왔습니다. 저희가 선생님 작품과 집필 자료를 수령해가기로 했는데요……"

"아아, 그거……"

전화영의 얼굴에 번져 있던 웃음기가 슬그머니 사라졌다. 시시한 소리를 듣는 바람에 흥이 깨졌다는 듯한 표정이었다.

"여사님 손님 있으셨나보네." 남자 노인이 말했다. "가서 일 보셔요. 저는 가볼게. 그냥 지나가다 들른 건데."

"잠깐만요. 가긴, 오신 지 얼마나 됐다고." 전화영이 노인의 팔에 손을 얹어 말리고는 경완에게 말했다. "내가 휴대폰을 안 갖고 나왔네…… 그쪽 전화 좀 쓸게요."

경완이 휴대폰을 건네자 전화영이 전화를 걸었다.

"응, 고선생, 지금 어디야? 체육관에는 왜 가 있어? 손님은 여기 계신데. 저기, 내가 지금 급하게 오신 다른 손님이랑 할 말이 있어서 자료는 고선생이 챙겨드려요. 식사도 둘이 같이 하고. 응, 어디긴 어디야, 토속촌, 맨날 가는 보리밥집 거기. 잘 모셔요, 그래."

전화영이 휴대폰을 경완에게 돌려줬다.

"먼길 오시느라 고생하셨는데, 식사 맛있게 하시고 가세요. 거기 김치가 좋아요."

경완은 인사했다. 지나가던 중에 그냥 들렀다고 해명한, 옷을 잘 빼입었고 전화영보다 많이 젊어 보이는 남자 노인이 경완에게 넉살 좋게 웃으며 중절모를 슬쩍 들어올려 답례했다.

경완이 문학관 마당에서 기다리고 있자 고승재가 돌아왔다. 마스크 틈새로 올라온 숨결 때문에 안경알 아랫부분에 뿌연 김이 서려 있었다.

"선생님이 등산로에 누구랑 있었어요?"

고승재가 물었다. 경완은 본 대로 설명했다.

"아아, 박대표." 고승재가 쓴웃음을 지었다. "자료 제가 챙겨드릴게요. 들어가시죠."

"밖에서 기다릴게요. 오래 걸리나요?"

"아뇨, 한…… 오 분이면 돼요."

경완은 기다렸다. 십오 분이 지났지만 고승재는 나오지 않았다. 경완은 마당에서 돌멩이를 발로 툭툭 차면서 어슬렁거리다가 끝까지 자기를 돌아보지 않던 상아씨의 뒷모습이 떠올라 울컥하는 기분에 마침 눈에 띈 돌을 세게 찼다. 발에 차여 날아간 돌이 울타리로 쓰는 제라늄 화분 중 하나에 명중하며 퍼석, 하는 소리가 났다. 경완은 문학관 쪽을 힐끔거리며 화분을 확인했다. 윗면이 역삼각형 모양으로 깨졌고 삼각형 꼭짓점에서 생긴 굵은 금이 몸통 중간까지 내려왔지만 다행히 흙이 쏟아질 정도는 아니었다. 경완은 깨진 부분이 눈에 띄지 않도록 얼른 화분을 돌려놓았다.

고승재가 백화점 로고가 찍힌 종이가방을 들고나왔다.

"이제 식사하러 가시죠."

"저는 괜찮습니다. 그냥 다음 기회에……"

"어차피 버스 타려면 앞으로 두 시간 정도 기다리셔야 돼요. 게다가 선생님 말씀도 있고 하니까 사양하지 마시고 같이 가시죠. 저도 밥 먹어야 하고요."

경완은 고승재를 따라 차에 탔다. 고승재가 차에 시동을 걸고 잠시 생각에 잠겨 있다가 입을 열었다. "그런데요, 솔직히 말씀해주세요."

경완은 놀라 고승재를 바라보았다. 화분 깬 걸 들켰나?

"뭘요?"

"솔직히 보리밥 안 좋아하시죠? 아까 반응이 영 시원찮았는데."

"어…… 아뇨. 아닙니다. 싫어하지는 않고……"

"추어탕 잘하는 데가 있어요." 고승재가 말했다. "이 근방에서 제일 잘하거든요. 비린내 진짜 하나도 안 나고, 국물도 아주 그냥 시원하고 고소해요."

고승재가 엄지손가락을 치켜올렸다. 이번에는 추어탕은 어떠시냐는 질문이 없었다. 고승재는 추어탕을 싫어하는 사람이 세상에 있으리라는 생각은 태어나서 한 번도 해보지 않은 듯했다. 경완은 추어탕을 먹어본 적이 없었다. 미꾸라지를 갈아 넣어 끓인 걸쭉한 액체는 상상하기도 싫었다.

"선생님께서는 보리밥 정식 말씀하셨는데요." 경완은 소심하게 항변했다.

"보리밥 드시면 버스 타기도 전에 배 다 꺼져요." 고승재가 차를 빼면서 뒤를 살폈다. "지금 출발해야 대기 안 해요. 거기 맛집이라서 줄이 길거든요."

고승재가 언덕을 내려가며 얻은 가속도에 힘입어 빨간불이 켜진 교차로를 맹렬하게 가로지를 때 경완은 저도 모르게 차지붕 쪽 손잡이를 꼭 잡았다. 이제 경완은 고승재가 어떤 사람인지 대충 알 것 같았다. 정확히 말해 이 사람에 대해 알아야 할 건 이제 충분히 알았다는 생각이 들었다. 자료를 반납할 때는 택배로 보내거나 다른 사람이 가져가면 좋겠다고 상임 연구원에게 말하겠노라 진작 결심했으니 고승재건 전화영이건 오늘만 지나면 다시 볼 일은 없을 터였다. 하지만 지금 이 상황에서 경완이 어쩔 도리는 없었다. 스스로의 의지에 관계없이 끌려다닐 수밖에 없는 때가 있고, 그럴 때는 보리밥이건 추어탕이건 중요하지 않다.

상아씨는 끌려다니기 싫다는 말을 자주 했다. 상아씨에게 유학을 포기한다는 것은 제자리로 돌아가는 것이 아니라 훨씬 뒤로 튕겨나간다는 것을 뜻했다. 왜냐하면 고무줄에는 탄성이 있으니까. 경완의 원룸에서 배를 깔고 나란히 누워 유학 비용을 계산할 때 상아씨는 그렇게 말했고, 경완은 그 앞에서 진실을 털어놓을 용기가 나지 않았다. 경완의 부모가 경완이 유학 자금으로 모아둔 돈으로 형을 도와야 한다고 다그쳤다는 말을 차마 할 수가 없었다. 정말로 이번이 마지막이라고, 비트코인 투자는 형이 그간 저지른 수많은 실수와 마찬가지로 잠깐 길을 잘못 든 경우일 뿐이라고, 이번만 도와주면 진짜 네 마음대로 살아도 좋다고 호소했다는 말을 꺼낼 수는 없었다.

같이 가자고 강요할 수는 없죠, 가 아니라, 같이 가자, 같이, 라고 상아씨는 말했다. 나는 이 나라가 내게 저지르는 가스라이팅이 완료되기 전에 떠날 거예요.

연구소에 취직해 상아씨를 만나기 전, 그러니까 지금의 마지막이 아니라 지난번의 마지막 부탁을 들었을 때, 경완은 형의 집을 찾아가서 이제 다시는 자기에게 도움을 받지 않겠다는 각서를 써달라고 요구했다가 네가 지금까지 가족을 위해 한 게 뭐가 있느냐고, 너 하나 키우는 데 돈이 얼마나 들었는지 아느냐고, 그거 지금 이자까지 다 쳐서 내놓으라고 하지 않는 게 어딘 줄 아느냐고 가슴을 치며 소리를 지르는 아버지 앞에서 무릎을 꿇고 사죄했다. 분을 이기지 못한 아버지가 발로 바닥을 쾅쾅 구르자 소파에 비스듬히 앉아 텔레비전을 보고 있던 형이 너무 그러시면 또 층간 소음 항의 들어와요, 라고 덤덤하게 말했다. 그 말에 아버지는 신고 있던 슬리퍼를 경완에게 던졌다. 초등학교 3학년인 경완의 조카가 잠에서 덜 깬 얼굴로 방에서 나와 삼촌이 할아버지에게 그깟 공부 좀 한 게 벼슬인 줄 안다고, 가족이고 뭐고 자기밖에 모르는 쓰레기 새끼라고 욕을 먹는 광경을 지켜보다 형수의 손에 이끌려 도로 들어갔다. 경완은 속으로 되뇌었다. 나는 이 자리에 없다. 나는 이 자리에 없는 사람이다. 나는 여기에 없다. 나는 어디에도 없다. 여기 말고는 어디에든 있다.

이번에는 어떤 결말을 맞게 될까? 어느 쪽이든 좋게 끝날 가능성은 희박했다. 며칠 전 경완은 상아씨에게 같이 유학을 가는 방법이 하나만 있지는 않다고, 상아씨가 먼저 떠나고 자기가 나중에 따라가는 방법도 있지 않겠느냐고 했다. 준비를 더 해야 할지도 몰라서요, 라고 경완은 말했고, 그 준비가 형에게 돈을 내줄 경우 텅 비어버릴 통장을 다시 채우기 위한 금전적 준비라는 점은 숨겼으며, 그 제안이 지금으로서는 경완이 생각해낼 수 있는 최선의 것이었음에도, 막상 그렇게 말하고 나자 스스로에게 환멸에 가까운 실망감을 느꼈다. 상아씨는 대답하지 않았지만 둘 다 분명히 알았다. 준비고 방법이고 중요하지 않다는 것을. 있어야 할 때 그 자리에 있는 것, 떠나야 할 때 그 자리를 떠나는 것, 때로는 그게 전부라는 것을.

"저기예요."

고승재가 도롯가에 차를 세우며 말했다. 경완은 여기다 주차하면 불법이지 않느냐, 이래도 괜찮은 거냐고 말하려다가 앞뒤에 쪽 늘어서 있는 자동차의 행렬을 보고는 입을 다물었다. 차로 한쪽 전체가 주차장이었다.

단층 주택을 개축하여 만든 추어탕집 내부는 경완이 겉모습을 보고 예상했던 것보다 깨끗하고 넓었으며, 테이블 이곳저곳에서 뭉근한 김이 피어오르고 있었다. 메뉴판 옆에 방송 출연 장면을 인쇄하여 담은 액자가 걸려 있었다. 액자는 하나가 아니라 세 개로, 모종의 검증을 통과했다는 점을 강조하듯 각기 다른 프로그램 로고가 붙어 있었다. 두 사람이 입구에서 빈자리를 살펴보고 있는데 카운터를 지키고 있던 파마머리 여자가 퉁명스럽게 물었다.

"몇 명이세요?"

"두 명이요." 고승재가 손가락 두 개를 치켜올렸다.

"자리 곧 나요."

"저기 비었는데요." 경완이 구석에 있는 사 인용 식탁을 가리켰다.

"예약석이에요. 탕 두 개?"

"네. 파전도 하나 추가하고요." 고승재가 경완을 보았다. "파전 드시죠?"

경완은 체념하는 마음으로 고개를 끄덕였다. 여차하면 파전만 먹으면 된다. 다른 사 인용 식탁에서 식사를 하던 사람들 중 두 명이 자리에서 일어나자 지역 소주 로고가 찍힌 빨간색 앞치마를 두른 직원이 그릇을 치우고는 테이블 절반을 행주로 훔쳤다.

"저기 앉으세요." 카운터의 여자가 말했다.

"합석을 하라고요?" 경완이 물었다. 여자가 무표정하게 경완을 빤히 보았다. 고승재가 경완의 팔을 슬쩍 잡아당겼다.

두 사람이 모르는 사람들 앞에 나란히 앉아 수저를 꺼내고 컵에 물을 따르는데 다른 손님이 가게로 들어왔다. 카운터 여자가 몇 명이냐고 하자 손님은 네 명이라고 대답했고, 여자는 조금 전 경완이 가리켰던 자리를 가리켰다. 네 명이라고 대답한 손님에 뒤이어 세 명이 따라들어와 그 자리에 앉더니 추어탕과 파전을 주문했다. 몇 분 뒤 직원이 그 자리에 추어탕과 파전을 갖다놓았다.

"저기요," 경완이 손을 들었다. 빨간 앞치마를 두른 직원이 그냥 지나가려 하자 경완이 다시 손을 들었다. 직원이 경완을 흘끗 보았다.

"저희가 먼저 시켰는데요."

"네. 알겠어요."

직원이 그렇게 대꾸하며 방금 손님이 나간 또다른 식탁을 정리했다. 경완은 또다시 울컥했지만 마음을 꾹꾹 누르고 언성을 높이지 않으려 애쓰면서 침착하게 항의했다.

"아니, 저희가 먼저 시켰는데 저쪽에 먼저 갔다니까요. 저희가……"

"알았다고요. 갖다드린다고요."

"저기요, 그래도 그렇게 말씀하시면……"

"알았다고! 갖다드린다고!"

직원이 정리중이던 스테인리스 밥그릇을 식탁에 내동댕이치다시피 세게 내려놓으며 소리쳤다. 실내가 조용해졌다. 탕그릇에 숟가락을 집어넣고 휘휘 돌리며 진득한 국물을 후루룩 넘기던 사람들이 일제히 동작을 멈추고 직원 쪽으로 시선을 집중했다. 그릇에서 탕이 보글거리는 소리 말고는 아무것도 들리지 않았다. 직원이 경완을 노려보며 외쳤다.

"갖다드린다고요! 왜 갑질을 하시는데요!"

"아니, 누가 갑질을…… 갑질이라니요, 우리가 먼저 주문을 했고……"

주방에서 덩치 큰 남자가 행주로 손을 닦으며 나왔다. 직원이 서럽게 울기 시작했다. 덩치 큰 남자가 직원을 식당 바깥으로 데리고 나갔다. 경완은 어처구니가 없어서 앉은 채로 입을 딱 벌렸고, 고승재가 자리에서 일어나 그들을 따라갔다.

상황이 수습되기까지는 삼십 분 정도가 걸렸다. 의사소통에 조금 혼선이 있기는 했지만 경완은 울음을 터뜨린 직원의 아들이 지난주에 오토바이를 타다가 사고를 당해 중환자실에 누워 있으며 수술로 왼쪽 무릎 아래를 절단했다는 사실을 알게 되었고, 그래서 나중에는 덩치 큰 남자, 즉 가게 주인에게 직원을 잘 부탁한다고, 직원 잘못이 아니니까 혹시라도 책임을 묻거나 하지는 마시라는 당부까지 하고는 추어탕집을 나왔다.

경완과 고승재는 한동안 말없이 차 앞에 서 있었다.

"혹시 담배 피우세요?" 고승재가 말했다.

"아뇨."

"저도 안 피워요. 근데 되게 당기네."

추어탕을 먹고 나온 손님들이 차를 타고 하나둘 빠져나갔다.

"근데 민선생님 목소리가 약간 크긴 했어요." 고승재가 말했다.

"제 목소리가 컸다고요?"

"아니, 컸다고 하긴 좀 그렇고…… 그보다는 공격적이고 날이 섰다고 해야 하나…… 왜 있잖아요, 뭔가 좀 맺혀 있는 것 같은……"

"고선생님이 그걸 어떻게 알아요?"

"네?"

"내가 뭐가 맺혀 있는지 안 맺혀 있는지 어떻게 아시냐고요. 왜 사람을 멋대로 판단해요?"

"판단이 아니라 느낌이 그랬어요."

"판단이 느낌이고 느낌이 판단이지. 애초에 나는 추어탕은 생각도 없었어요. 먹어본 적도 없고. 미꾸라지 갈아 넣은 걸 어떻게 먹어요. 그쪽이 맘대로 여기 오자고 한 거 아닙니까."

"싫었으면 진작 말씀을 하셨어야죠."

"진작 말씀을 하셨…… 아니, 됐어요. 됐습니다. 말 못한 내가 잘못이지. 저 가보겠습니다. 안 바래다주셔도 되고, 터미널 어느 쪽인지 대충 알겠으니까 그냥 혼자 갈게요."

경완은 등을 돌려 성큼성큼 걷기 시작했다. 뒤에서 고승재가 선생님, 민선생님, 하고 불렀지만 돌아보지 않았다. 교복을 입은 학생들이 삼삼오오 떼를 지어 돌아다니고 있었다. 경완은 궁금했다. 쟤들은 이 한낮에 어떻게 학교를 땡땡이치고 나온 걸까? 터미널 방향은 이쪽이 맞겠지? 왜 나는 나 말고 다른 사람이 될 수 없을까? 어째서 무슨 말을 해도, 무슨 짓을 해도, 수챗구멍을 향해 빙글빙글 빨려드는 오수처럼 늘 나라는 한 점으로 모여들고 말까?

"민선생님."

뒤따라온 고승재가 경완의 어깨를 붙들었다.

"혼자 가겠다니까요."

"가세요, 가셔도 되는데, 이건 가져가셔야죠."

고승재가 경완에게 종이가방을 내밀었다.

경완은 가방을 받아들고 멀거니 안을 들여다보았다. 책과 자료들. 경완에게는 하나도 쓸모없는 종이 쪼가리들. 그런데도 여기까지 온 이유들. 경완은 갑자기 웃음이 났다. 처음에는 피식거리더니 그다음에는 헛웃음을 터뜨렸다. 마음 같아서는 더 크게 웃고 싶었지만 그러다가는 울어버릴지도 몰랐다. 지나가던 사람들이 경완을 힐끔거렸다. 고승재는 옆에 가만히 서 있었다.

"억지로 데려가서 미안해요."

경완의 웃음이 잦아들자 고승재가 말했다.

"추어탕이 너무 먹고 싶었어요. 거의 이 년 만에 잡은 기회였거든요. 그 집이 딱 열한시에서 세시까지만 영업을 해요. 근데 우리 선생님은 추어탕이라면 질색하시거든요."

"그런가요."

"네. 암 수술 받기 전에도 그랬는데, 이제는 뭐 풀떼기 말고는 드시는 게 없고."

고승재가 아련한 눈빛으로 식당 쪽을 바라보았다. 고승재에게 사과할 이유는 전혀 없었지만 그렇긴 해도 그 표정은 진심으로 서운해 보였다.

"저도 미안합니다." 경완이 말했다. "오늘 나름 저 때문에 애쓰고 계신데."

"나름, 이 귀에 좀 걸리기는 하는데, 뭐 비긴 걸로 칩시다." 고승재가 차 쪽으로 걸어가며 말했다. "배고프네. 점심 먹으러 가죠."

고승재는 왕돈가스를, 경완은 제육덮밥을 시켰다. 양파를 넣어 고추장양념에 볶은 불그스름한 돼지고기와 그 밑에 깔린 하얀 쌀밥을 마주하자 경완은 마음이 좀 가라앉았고, 그러자 허기가 격렬하게 밀려왔다. 고승재는 포크와 나이프로 돈가스를 조각조각 자른 다음 젓가락으로 하나씩 입에 넣으며 자기 몫을 차근차근 해치웠다.

"처음에는 번역을 하려고 했어요." 고승재가 고기를 우물거리며 말했다.

"네?"

"번역이요. 『별 위에 달이 뜨면』을 번역하고 그걸로 논문을 쓰는 거, 그게 계획이었어요. 책을 영어로 번역하고 싶다고 제가 선생님을 찾아갔던 거예요. 그러니까 선생님이 좋다, 해봐라, 그런데 여기 마침 네가 먹고 잘 데가 있다, 뭐 요약하면 그랬던 거죠."

"아……"

"그때는 그게 그럴싸해 보이는 계획이었거든요. 밥 좀 천천히 드세요."

고승재가 채 썬 양배추와 샐러드드레싱을 포크로 휘휘 섞었다.

"아니, 읽어보시면 아시겠지만, 소설이 통속적이긴 해요. 통속적이지. 그런데 뭐, 통속이 나쁜가? 나는 읽다가 마지막에 눈물도 흘렸다고요. 솔직히 이게," 고승재가 포크로 종이가방을 가리켰다. "거의 사십몇 년 전 소설이잖아요. 사십몇 년 전 소설이 사람 하나를, 그것도 나 같은 남자를 울리는 게 솔직히 쉬워요? 내가 그 눈물의 비밀을 밝혀내면 그게 논문이 되는 거지. 안 그래요?"

"통속이 나쁜 건 아니죠."

경완은 처음으로 고승재에게 동감하며 대답했다.

"근데 지도교수님 생각은 달랐던 거죠." 고승재가 말했다. "당신께서야 깊은 뜻이 있으셨겠지. 그건 알아요. 근데 나는 그런 푸근한 부처님 손바닥 위에 있으면 오히려 갈 곳을 잃어버린 기분이 드는 거예요. 그러면 마음이 아주 답답해지고, 막 산이나 그런 데로 도망가서 야호, 다 꺼져라, 소리를 지르고 싶어지는 거라고요."

경완이 고개를 끄덕였다. 고승재가 계속 말했다.

"하지만 언제까지 소리만 지르고 있을 수는 없잖아요. 이제

우리 선생님께 제가, 제게 선생님이 정말로 필요한 건지도 잘
모르겠고, 보리밥에 신김치는 진짜로 지겹고…… 변화가 필
요한 때이긴 해요."

"그 박대표인가 하는 분도 변화의 일부인가요?"

"아니, 아니, 그 사람이 무슨 '분'이야. 그거 사기꾼이에요.
문학관을 날로 먹으려고 해. 제가 마지막으로 해야 할 일이 그
인간을 선생님한테서 떨궈내는 거예요. 그런 다음 개운하게
떠나는 거지."

"하지만 그건 전화영 선생님의 사생활이잖아요. 고선생님이
가족도 아니고."

"나만큼 우리 선생님 사생활을 꿰고 있는 사람이 어디 있다
고. 선생님 자식들 다 미국 가 있어요. 지금 선생님 입장에서
누가 더 가족 같을까요?"

경완은 고개를 끄덕이며 고기 위에 김치를 올려놓고 숟가락
으로 한 번에 떠먹었다. 고승재가 돈가스 조각을 젓가락으로
집었다.

"근데 또 나는 내 부모 형제랑은 사이가 그닥이거든요. 까놓
고 막장이에요."

"너무 편안하게 말씀하시는 거 아니에요?"

"민선생님 저랑 다시 볼 일 없을 거잖아요." 고승재가 태연
하게 말했다. "가족은 절대적이 아니라 상대적인 존재예요. 고

전역학이 아니라 양자역학. 별 어이없고 해괴한 일이 맨날 일어나니까. 그러니까 나도 마음대로 살아도 돼요. 근데 우리 선생님 말이죠,「고향 찬가」를 엄청 싫어하세요.”

“그래요?”

“저랑 있을 때는 솔직히 그게 글이냐, 내가 썼지만 너무 부끄럽다, 다들 눈깔이 썩은 동태눈이다, 내가 이거에 묶여 평생을 이렇게 산다, 막 한탄을 하시거든요. 우리끼리 얘긴데, 옛날에 대통령이 그 글을 읽고 무슨 이유에서인지 좋아서 아주 뻑이 갔다고 하더라고요. 하지만 그렇다고 그 글 쪼가리 하나 기리겠다고 엄청난 건물을 올리기는 대통령 본인이 생각해도 좀 애매하니까…… 민선생님이 보신 게 그 타협의 결과라는 사연이죠.”

“네……”

“하지만 그 덕에 지금까지 먹고사셨잖아요. 너무 불평하시면 곤란하지.”

두 사람은 각자 그릇을 깨끗이 비웠다. 경완은 알아서 가겠다고 했지만 고승재는 경완을 차에 태워 터미널까지 바래다주었다. 경완이 내리려는데 고승재가 글러브 박스에서 망고 음료를 꺼내 내밀었다.

“가면서 드세요.”

“괜찮은데요.”

"힘내는 맛이라니까요."

경완은 더 다투기도 귀찮아 음료를 받아 외투 주머니에 넣었다. 연두색 경차는 이번에도 노란색 중앙선을 담대하게 넘어 유턴을 하고는 멀어져갔다.

이십 분 뒤 경완이 탄 시외버스가 터미널을 출발했다. 아직은 해가 높이 떠 있었지만 집에 들어가면 저녁일 것이다. 경완은 음료에 빨대를 꽂아 쭉 마셨다. 망고 향 설탕물에 구연산이 섞여 있어서 강장제 느낌이 어중간하게 났다. 그제야 고승재의 말이 이해가 갔다. 갔지만, 엉터리였다. '힘나는 맛'도 아니고 '힘내는 맛'은 오늘 하루와 마찬가지로 엉터리였다. 도무지 말이 되질 않았다.

경완은 힘내는 맛 음료를 다 마시고 나서 차창 커튼을 젖혔다. 가까이 축사가, 멀리 높은 굴뚝이 보였다. 소들이 어슬렁거렸고, 굴뚝에서 눈처럼 새하얀 증기인지 연기인지가 피어올랐다. 버스가 두렁과 개천을 경계로 이리저리 갈라진 땅 위를 느긋이 달렸다. 창에 머리를 기대었다가 저도 모르게 잠이 들어 코까지 골기 시작한 경완이 마지막으로 떠올린 것은 자기가 깬 조그만 제라늄 화분이었다.

무뎌지는 맛

No Surprises

한 남자가 물이 차오르는 수조 안에서 노래하고 있다. '심장은 쓰레기장처럼 가득찼어. 그 일은 당신을 천천히 죽이고 있고. 상처는 낫지 않을 거야……' 수조의 왜곡으로 실제보다 잔뜩 부어 보이는 얼굴, 초점을 잃은 응시, 굳게 닫힌 입. 당신이 라디오헤드의 팬이 아니더라도 우는 듯 웃는 듯 물에 잠겨 숨을 참고 있는 사람의 얼굴을 떠올리는 게 어렵지는 않을 것이다. 남자의 표정이 매일 아침 당신이 거울 속에서 발견하는 표정과 크게 다르지 않기 때문이다. 더이상 참을 수 없는 순간이 오면 고개를 쳐들어 공기를 들이마실 수야 있겠지만, 물은 언제나 턱밑까지 차 있다. 질식할 것 같은 갑갑한 수조 속에서 실망이든 슬픔이든 감정의 미묘한 차이를 구분하는 건 우스운 일이 된다. 벗어날 수 없다면 조용히 견디는 수밖에. 지칠 대로 지친 남자는 이제 거창한 기대를 하지 않는다. 바라는 게 있다면 그저 더이상의 자극도, 더이상의 놀랄 일도 생기지 않는 것. 용기니 희망이니 하는 허튼수작을 부리는 대신 잠시나마 닥쳐주는 작은 호의를 바랄 뿐. 남자는 알 수 없는 표정으로 계속해서 노래한다. no alarms and no surprises, please.

『힘내는 맛』의 인물들 또한 저마다의 수조에 갇혀 있다. 안 되는 줄 알면서도 "어떻게든 물위로 머리를 내미는"(「보호색」, 149쪽) 사진관 주인이 있는가 하면, "꼬리와 지느러미를 흔들며 어항을 탈출하려고 최선을 다"(「우주의 먼지」, 16쪽)하는 영업사원이 있다. 혹은 보다 철학적으로 우리 모두가 "자기 자신이라는 집에 연금된 죄수"(「보라색 사과의 마음」, 52쪽)라는 걸 절망적으로 깨닫는 번역가도 있다. 세계로부터의 고립이란 고독한 형벌이기도 하지만, 때로는 자기를 지키기 위한 도피이기도 하다. "그는 상자가 되고 싶다고 생각하며 잠들었다. 열 수 있는 유일한 열쇠를 자기 안에 집어넣은 채 영원히 잠긴 상자가 되면 좋을 것 같았다."(「우주의 먼지」, 19쪽) 다행이라면 세상 어딘가에 이 한몸 누일 상자 하나쯤은 있다는 것이고, 불행이라면 그 상자가 어쩐지 자신을 위해 짜인 관처럼 딱 들어

맞는다는 것이다. "정수리와 발바닥이 정확히 위아래 면에 닿았다. 팔을 옆구리에 붙이기에는 폭이 비좁아서 양팔을 가슴 위로 엇갈려 올리니 자로 잰 듯 딱 맞았다."(「요시히로의 자리」, 186쪽)

다시 한번 강조하지만 진짜 고통은 우리가 지금 누워 있는 자리가 관 속이기 때문이 아니라 관 속에 누워서도 삶이 지속된다는 사실에서 기인한다. "나는 이 자리에 없다. 나는 이 자리에 없는 사람이다. 나는 여기에 없다."(「힘내는 맛」, 209쪽) 아무리 주문을 외워보아도 '삶'이라는 미궁을 벗어나려는 시도는 번번이 실패한다. 빈틈없이 온몸을 옥죄는 갑갑한 관 속에서, 혹은 물이 턱까지 차오른 수조 속에서, 그럼에도 불구하고 자신으로서 계속해서 살아가야 한다면, 또 하루를 견딜 수 있도록 스페셜 드링크 하나 정도는 마셔줘야 하지 않을까. 이 맛에 돈 벌고 이 맛에 산다는 상큼하고 달달한 '힘나는 맛' 말고, 타우린과 카페인이 범벅되어 묘하게 중독성 있는 '힘내(게 하)는 맛'의 에너지 드링크 말이다. 물론 그걸 마신다고 해서 황소 같은 과감함과 몬스터 같은 괴력이 생기지는 않는다. 하지만 지금 당신에게 필요한 건 기분을 보호하고 마음을 위장할 수 있는 소박한 자양강장제이다. 어쩌면 당신 빼고 모두들 꼬박꼬박 챙겨 먹고 있을지도 모르니, 지친 당신도 서둘러 『힘내는 맛』을 음미해보는 게 어떨까.

"동양의학의 정수를 모아 만든 신비의 물약이에요. 그 새로 사귀었다는 좋은 친구들도 지금쯤 다 마셨을 거예요."(「가을의 곡선」, 112쪽)

가족이라는 족쇄, 자기 자신이라는 감옥

'자양滋養'과 '강장强壯'에 앞서 우선 인물들이 어쩌다 수조에 갇히게 되었는지 사태를 파악할 필요가 있다. 물론 지난날을 돌이켜본다고 해서 미스터리 스릴러처럼 긴장감이 넘치거나 액션 느와르처럼 거대한 스케일의 사건이 발견되지는 않는다. 진짜 고통은 예외적인 사건이 아니라 공포스럽도록 반복되는 일상에서 발생하기 때문이다. 늘 그렇듯 진리는 가까이 있고, 악당도 가까이 있다. 소설 속 주인공들의 발목을 붙잡고 늘어지는 건 대체로 가족들이다. 「우주의 먼지」의 한철은 일에 도움이 될까 하여 연극을 배우기 시작했다가 의외로 연극에서 삶에 대한 열정과 의욕을 되찾게 된다. 마침내 한철이 가난을 각오하고 전업 배우가 되기로 결심했을 때, 한철의 가족들은 그의 소중한 꿈에 함부로 침입한다. "자리에 앉았는데 어디서 많이 본 사람이 가발을 쓰고 입을 뻐끔거리고 있네? 내가 웃겨서 죽을 뻔했는데 진짜 형 생각해서 참았다. 나한테 고마워해야한다, 응?"(32쪽) 한철은 수치와 증오와 환멸로 목이 메고 이로써 "그는 자기가 가질 뻔했던 것이 사라졌다는 사실을"(34쪽) 깨닫게 된다. 동생의 무례함은 한철이 꿈을 좇아 떠날 수 없도록 그를 옭아매었다. 부모님을 부양하고 동생의 뒤치다꺼리를 해야 하는 장남의 족쇄로부터 벗어날 수 없도록 말이다.

「힘내는 맛」의 인물들 또한 "앞으로 한 발짝 나아가려 할 때마다 뒤에서 끈질기게 잡아당기는 힘"(199쪽)에 몸서리를 치고 있다. 소설은 경완이 지방 출장을 간 하루를 다루고 있지만, 경완이 괴로운 건 그날 하루가 엉망진창이 되어서가 아니라 그런 날들에서 벗어나지 못하게 하는 배후의 장력 때문이다. 경완은 연인 상아와 함께 유학을 떠나려고 계획했지만, 경완의 가족들은 그를 놓아줄 생각이 없어 보인다. 그의 부모는 "경완이 유학 자금으로 모아둔 돈으로 형을 도와야 한다고 다그쳤"고, "정말로 이번이 마지막이라고, (……) 이번만 도와주면 진짜 네 마음대로 살아도 좋다고 호소했"(208쪽)다. 물론 이런 일은 이미 처음이 아니었으며, 그렇기 때문에 마지막도 아닐 것이다. 어느 위대한 희극배우의 말을 조금 비틀어보자면, 경완의 인생은 멀리서 보면 가족에게 끌려다니는 비극이며, 가까이에서 보면 점심 메뉴에 끌려다니는 희극이다.

한편, 「보라색 사과의 마음」의 은영은 보다 비극적인 사건을 겪었다. 그녀의 동생 은주가 교통사고로 세상을 떠난 것이다. 가해자는 사고 당시 이별을 고한 자신의 여자친구에게 데이트 폭력을 휘두르고 있었고, 그 범죄행위의 연속선상에서, 그러나 의도치는 않게 저쪽 골목에서 느닷없이 튀어나온 은주를 차로 치고 말았다. 은영은 무너진 부모를 대신하여 장례를 치르고 공판에 참석하면서, 다른 한편으로는 끊임없이 동생의 마지막날을 재구성했다. 동생이 그날 무엇을 했는지, 왜 그 골목을 지나갔는지, 혹시 데이트 폭력을 말리려다 사고를 당한 건 아닌지 곱씹어 생각했다. 그러나 은영이 그날에 집착할수록 동생의 마지막 행적은 더욱 의문스러워질 뿐이다. 사고 직전까지 동생에겐 평범했을 하루가 그녀가 사라지자 온통 수수께끼가 된 것이다. 그리고 이 고통스러운 질문은 타인의 마음이란 결코 알 수 없는 것이라는 본질적인 답으로 귀결된다. "나는 당신이 무엇을 느끼는지, 당신은 내가 무엇을 느끼는지 모른다. (……) 우리는 어떻게 자라는 껍데기를 부딪치는 것 이상으로 서로를 만날 수 있나?"(52쪽) 그러니까 소설의 제목인 '보라색 사과의 마음'이란, 소통될 수 없고 쉽사리 가늠되지도 않는 타인의 눈에 비치는 세계이자 그 세계에서 살아가는 타인의 마음이다.

그런 점에서 은영의 직업이 '번역가'라는 점은 의미심장하다. 우리는 각자의 집에 연금된 죄수이고, 개인은 "오로지 언어라는 가느다란 실을 통해서만 연결되어 있는데 언어란 근본적으로 불완전하다"(같은 쪽). 그렇다면 은영이 외국어로 된 책을 '번역'하는 것이나, 타인의 마음을 '이해'하려고 하는 것은 그리 다르지 않을 것이다. 바로 여기서 은영이 겪은 비극적인 사건은 보편적인 의미를 획득한다. 꼭 그러한 사고가 아니더라도 우리는 타인의 마음을 완벽하게 이해(이자 번역)하지 못하기 때문이다. 마찬가지로 「우주의 먼지」의 한철이 '연극'에 매혹되었다는 점도 주목할 필요가 있다. 연극 수업 첫날 강사는 "자기 자신이라는 배역을 연기한다는 마음으로 자기소개"(15쪽)를 해보라고 말한다. 즉, 한철은 중소기업 영업사원이자 장남이라는 배역에 갇혀 있었던 것이고, 연극을 통해 자신의 배역에서 벗어나보려 했던 것이다. 「힘내는 맛」의 경완 역시 착한 아들이라는 배역을 연기하며 괴로워하고 있던 셈이다. 이들 소설은 모두 가족이라는 족쇄에 얽매인 인간에 대한 이야기이기도 하지만, 보다 근본적으로 타인의 기대치나 사회적 규범으로 인해 만들어진 각자의 배역에 갇혀 옴짝달싹 못하는 인간에 대한 이야기로 확장하여 읽을 수도 있겠다.

'부정否定'이라는 보호색, '무덤'이라는 방어막

장남, 장녀, 언니, 영업사원, 팀장…… 자신에게 주어진 '배역'에 충실하다보면, 어느 순간 제 인생에서조차 소외된 자기 자신을 발견하게 된다. 「힘내는 맛」의 경완이 "스스로의 의지에 관계없이 끌려다닐 수밖에 없는"(207쪽) 날들을 차곡차곡 쌓고 있다면, 「가을의 곡선」의 진송은 그러한 날들이 모여 "인생이 종종 당사자를 제외한 채로, 그러니까 정작 진송 본인은 자기 삶의 부산물인 양 흘러"(99쪽)가는 것을 목도하고 있다. 그렇다면 가족이라는 족쇄든, 자기 자신이라는 감옥이든, 꼼짝없이 삶을 견뎌야 하는 이들에게 '힘내(게 하)는 맛' 드링크가 해줄 수 있는 건 무엇일까. 개인으로나 인류 전체로나 발전적인 방향의 답안은 이런 것일 테다. '시련을 극복하고 상처를 치유하여 한 단계 도약해 더 높고 넓은 세계로 나아가……' 그러나 이런 건 세상을 반쪽만 아는 순진한 이들에게나 통할 수작이 아닐까. 도약을 위해 움츠렸다가 주저앉아본 사람은, 한 발짝 앞으로 나아가려 할 때마다 발목을 붙들고 늘어지는 힘과 싸워야 하는 사람은 '극복'이나 '치유'와 같은 말을 쉽게 믿지 않는다.

"네. 흔히들 그러잖아요. 시련이 사람을 강하게 한다고. 저는 긴쓰기가 그 생각에 기반을 둔 기법이라고 생각해요. 그래서 시련의 흔적을 숨기지 않고 드러내는 거죠. 하지만 도로 고친다한들 더는 아무 쓸모 없어진 존재에게 시련이란 무얼까요? 더러워진 골판지 상자를 긴쓰기로 수선한다 해도 누가 거기에 물건을 넣을까요? 그럴 때도 시련이 가치를 갖는 걸까요? 어쩌면 시련을 극복할수록 더 엉망이 되지 않을까요?"(「가을의 곡선」, 118~119쪽)

진송은 우연히 들른 갤러리에서 "팔다리가 조각조각 갈라진 남자의 사진이 인쇄된 포스터"(117쪽)를 본다. 작가의 설명에 의하면 이는 "깨진 부분을 감추는 게 아니라 더 돋보이게 하는"(118쪽) 수선 기술인 '긴쓰기'에서 영감을 얻어 만든 작품이다. 상처를 감추는 게 아니라, 상처가 아문 자리를 드러냄으로써 보다 높은 가치를 얻는 것. 언뜻 삶에 대한 은유로 읽히지만, 이 작품의 작가는 그러한 쉬운 해석을 거부한다. "저는 제가 구할 수 있는 가장 질 낮은 물건에 긴쓰기 기법을 적용해봤답니다."(같은 쪽) 그러니까 작가는 처음부터 쓸모가 없는 사물을 수선함으로써 과연 '시련 극복'이라는 것이 그렇게 가치 있는 일인지, 아니 '극복'이란 게 대체 무엇인지 되묻는 것이다. 이는 소설 속에 등장하는 작가의 창작적 실험이지만 동시에 소설 바깥에 존재하는 작가, 즉 최민우의 문제의식이기도 할 것이다. 그렇다면 극복이든 도약이든 초월이 불가능한 사람들, 지금 여기에 붙잡혀 있는 별반 특별한 것 없는 사람들에게 현실적으로 가능한 '힘내(게 하)는 맛'은 무엇이란 말인가.

　여인이 진송에게 미소를 지었다. 진송도 답례하듯 고개를 끄덕였다. 인상을 설명하기 힘들다는 것이 여인의 첫인상이었다. 키는 크지도 작지도 않았다. 늙지도 젊지도 않았고, 뚱뚱하지도 마르지도 않았다. 전체적인 인상이 딱 떨어지지 않아서 어떤 사람이냐가 아니라 어떤 사람이 아니냐로 기억에 남을 것 같았다.(117쪽, 이하 강조는 인용자)

　소설 속 작가는 '시련 극복의 가치'가 대체 무엇인지 회의하고 있지만, 진송은 이미 그런 진부한 프레임에서 벗어나 제 나름으로 자신을 보호하는 방법을 찾은 듯하다. 진송은 그 작가에게서 확실한 특징을 포착하지 못한다. 실제로 작가가 평범한 사람인 탓일 수도 있지만, 그보다는 오히려 진송이 외부의 감각에 '무뎌지는 법'을 터득했기 때문에, 아니 외부 자극을 차단하고 내면의 동요를 최소화하는 방어기제를 가동하고 있기 때문에 그녀의 특징을 포착하지 못했다고/않았다고 봐야 할 것이다. 사실 진송은 갤러리에서 만난 작가뿐 아니라, 자신의 마음에 대해서도 정확히 알지 못한다/알려 하지 않는다.

회사의 단짝 후배였던 혜진이 이직한다고 하자 당혹감을 느끼는데, 그 감정의 정체를 진송은 정확히 설명하지 못한다/않는다. 간단히 말하자면 진송은 혜진에게 서운함 혹은 배신감을 느끼고 있지만, 의도적으로 그 부정적인 감정을 명명하기를 피하고 있는 듯하다.

그녀가 진송을 포함한 회사 사람 모두에게 지원 사실을 숨겨서만은 아니었다. 그녀의 얼굴에 누가 봐도 모를 수 없는 기쁨이 드러나서만도 아니었다. 처음부터 끝까지 진송이 전부 다 가르치다시피 하면서 점심 메뉴까지 똑같이 고르던 찰떡궁합이었기 때문만도 아니었다. 일이 힘들어 죽을 것 같다며 울던 혜진을 위로하다 자기가 이혼했다는 사실을 털어놓아서만도, 그래서 혜진이 회사에서 진송의 비밀을 알게 된 유일한 사람이 되어서만도 아니었다. 그 모든 것이 이유일 수도 있었지만, 그중 어떤 것도 아닐 수 있었다."(104~105쪽)

흥미로운 점은 『힘내는 맛』의 인물들이 공통적으로 '무덤'을 자신의 방어막으로 삼으면서, '부정어否定語'를 통해 내면의 동요를 일으키는 나쁜 감정의 명명을 보류하고 있다는 것이다. 다시 말해 그 부정적否定的 감정을 아직 확정되지 않은 것不定으로 여김으로써 의미 부여를 유예하거나 축소하고 있다는 뜻이다. 「변함없는 기분」의 상진은 회사 대표의 요구로 "욕받이 역할"(77쪽)을 하고 왔다. 문제는 단지 욕받이만 하면 되는 게 아니라, 상진 스스로도 납득되지 않는 회사 대표의 부당한 요구를 상대에게 전하고, 나아가 대표의 뜻에 따라줄 것을 설득해야 했다는 사실이다. 그런데 나중에 알고 봤더니 대표는 자신도 설득에 실패한 부당한 요구를 상진을 통해서 관철하려 했던 것이다. 상진은 그런 대표에게 화가 나지만, 적당히 넘어가주지 않는 상대에게도 순간 화가 났다. 그러나 상진은 다행히 더 큰 무례를 범하지는 않았으며, 돌아와서는 무고한 사람에게 화를 내려 했던 스스로의 태도를 반성한다. 그러고는 마음이 가라앉으면서 "자기 몸 전체가 외로운 것도 슬픈 것도 아니지만 그렇다고 아무렇지도 않은 것은 아닌 기분 같은 것으로 변하는 듯"(93쪽)하다고 느낀다.

여기서도 상처받은 인물은 외롭다거나 슬프다고 말하지 않는다. 아무렇지 않은 것은 아니지만, 그렇다고 어떤 감정이라고 단정할 수도 없는 기분. 그것은 실은 외롭고 슬프지만 그렇게 말하면 더 외롭고 슬퍼질까 두려운 마음이기도 할 것이며, 다른 한편 그런 외로움과 슬픔에 함몰되지 않기 위한 나름의 자기방어이기도 할 것이다. 그런 점에서 소설의 제목인 '변함없는 기분'이란 일차적으로 "시스템의 궁극적 일부이자 강압적 조직의 일원"(77쪽)인 상진이 이러지도 저러지도 못하면서 계속해서 느껴야 하는 불쾌하고 찝찝한 기분을 의미할 테지만, 동시에 그것은 상진이 자신의 몫을 감당하기 위해 애써 유지하고 있는 '평상심'을 가리키는 것이기도 하다. '슬프지도 외롭지도 않지만 그렇다고 아무렇지도 않은 것은 아닌' '변함없는 기분'이란, '아닌 것들' 사이를 비집어 마련된 공간에서 의도된 모호함을 빌미로 절망을 비켜나감으로써 가까스로 유지되는 것이다.

'견딤'이라는 삶의 본질

한편, 오랫동안 보호색을 두르고 있다보면 자신이 누구인지 스스로도 잊어버리기 십상이다. 아니, 반대로 오랜 시간이 흘렀음에도 본색이 탄로날까봐 전전긍긍할 수도 있다. 전자가 「요시히로의 자리」라면 후자는 「보호색」이다. 먼저, 「요시히로의 자리」는 뱀파이어를 소재로 한 미스터리한 소설로, 옆집에 이사온 까탈스럽고 미스터리한 남자 요시히로가 결국 주인공 '나'일지도 모른다는 암시로 끝이 난다. 소설을 따라갈수록 '나'와 그의 아내는 부도덕한 인간임이 드러나지만, 이들은 계속해서 자신들의 행위를 합리화할 뿐 잘못을 깨닫지 못한다. 이들은 뻔뻔하다기보다 자신들의 행위에 대해 반성적 인식 자체를 하지 못하는 '순진한 태도'를 보여주는데, 그 순진함으로 인해 독자 또한 그들의 실체를 단번에 간파하기 어렵다. 이때 인물의 자기 인식과 실제 행위 사이의 괴리가 만들어내는 모순이야말로 소설의 흡인력을 높이는 핵심 장치이다. 그리고 이 모순의 정점은 독자가 그들의 정체를 모두 깨달았는데도 불구하고 인물이 여전히 자신의 정체를 알지 못할 때 발생한다. 소설 속에서 요시히로는 '나'의 "거울 저편"에 위치한 "대칭"(186쪽)적 존재로 '나'의 거울상이다. 그러나 뱀파이어의 정체를 숨기기 위한 '보호색'을 자기 자신이라 믿는 '나'는 마침내 제 자리(요시히로의 자리)를 찾아 눕는 그 순간까지도 자신의 정체를 깨닫지 못한다.

반면, 「보호색」의 인물들은 자신의 본색을 타인에게 들킬 위기에 처해 있다. 주인공 '나'는 선배의 부탁으로 담당 기자가 잠적해버린 인터뷰를 대신하러 나갔는데, 인터뷰이인 사진관 주인은 약속 당일 괜한 어깃장을 놓으며 인터뷰를 거절한다. 소설 후반부에 가서야 밝혀지는바, '나'와 사진관 주인은 구면이다. 사정을 요약하자면, '나'는 얼마 전 좋지 못한 일로 회사를 그만두었고, 사진관 주인은 그 회사가 추적하고 있던 인물이었다. 사진관 주인이 큰 성형수술로 이전의 얼굴에서 벗어난 탓에 '나'는 그를 알아보지 못했지만 그는 '나'를 곧바로 알아보았고, 그래서 어떻게든 '나'를 내쫓으려 했던 것이다. 그런데 소설을 끝까지 읽어도 '나'와 그의 악연이 무엇인지는 정확히 설명되지 않는다. 그것은 소설의 초점이 이들의 과거가 아니라 현재와 미래에 있기 때문일 것이다. 즉, 이 소설이 던지는 질문이란, "본질은 못 바꾸는"(133쪽) 거라지만 그래도 적당히 위장하면 새 인생을 살 수 있느냐 하는 것이다. 이는 여전히 누군가에게 쫓기고 있는 듯한 사진관 주인뿐 아니라 '나'에게도 해당되는 질문이다. '나'가 이전 회사에서 어떤 일을 담당했는지 구체적으로 밝혀지진 않으나, '나'가 과거(회사)와 단절되어 살 거라고 했을 때 사진관 주인은 힐난조로 이렇게 말한다. "그게 될 거라고 생각한다 이거죠? 날 만난 오늘도?"(150쪽) 결국 양쪽 모두 '보호색'을 두른 채 제 과거에 붙잡히지 않으려고 위태롭게 살아가는 셈인데, 그렇다면 '본질'을 숨기는 건 과연 가능할까?

대를 잇는다는 것이 어떤 기분인지, 아버지가 물려준 비법 같은 게 있다면 무엇인지 내가 묻자 주인은 한동안 생각에 잠기더니 아버지가 특별히 가르쳐준 비법은 없고 자기도 물어본 적이 없다고 대답했다. 입맛이란 세월에 따라 바뀌게 마련이라 계속 개량을 해야 하기 때문에 전수받는 비법 같은 건 사람들의 생각만큼 중요하거나 본질적인 게 아니라면서. 그래도 자기가 아버지에게 배운 게 있다면 매일 아침마다 새로 시작하는 기분으로 가게문을 여는 마음가짐이라고, 솔직히 말해 아버지가 인간적으로 존경할 만한 분이었는지는 잘 모르겠지만 그 마음가짐만큼은 확실한 사람이었다고, 사실 그 자세야말로 장사뿐 아니라 인생에 있어서도 본질적인 가르침이라 생각한다고 차분히 말했다.(154~155쪽)

앞서 사진관 주인은 본질은 못 바꾸는 거라며 인터뷰를 거부했지만, 그를 대신해 찾아간 '원조 막국수' 식당의 사장은 상호가 무색하게 '본질'이란 그저 "매일 아침마다 새로 시작하는 기분으로 가게문을 여는" 것일 뿐이라고 말한다. 식당 사장이 의도한 바는 아니겠으나, 의외로 그의 답은 '나'와 사진관 주인의 고민을 단번에 해결한다. 어떤 보호색을 칠하고 있든, 어떻게 마음을 위장하든, '본질'은 다시 하루를 맞았다는 것 그 자체이기 때문이다. 물론 이는 순진한 뱀파이어도 귀담아들어야 할 조언이다. 그에게 '본질'은 그가 뱀파이어든 아니든, 관 속에 누운 채로 새로운 아침을 맞아야 한다는 것이므로. "잠들기 전에 마지막으로 든 생각은 혹시나 요시히로 씨가 이삿짐을 들고 나타났을 때 이 광경을 보게 되면 어쩌나 하는 걱정이었는데, 어떻게든 설명할 방법이 있을 것이다."(187쪽) 더하여 부정어로 감정을 유예하고, 무뎌진 감각으로 외부 자극을 회피했다고 해서 그것이 가짜라고 자학할 필요도 없을 듯하다. 그렇게 회피하고 단절함으로써 또 하루를 견뎌냈다는 것, 그 자체가 중요한 일이니 말이다.

이중부정과 긍정의 사이

인간이 자기 자신 안에 감금된 존재라면, 그리하여 타인이 감각하는 세계는 '보라색 사과'처럼 낯선 것이라면, 과연 사람들 사이의 공감이나 소통은 가능할까. 심지어 고립과 단절을 자처하는 사람들과 고민을 나누는 일은 가능할까. 각자의 경험은 다르고, 서로의 마음은 알 길이 없으며, 견딤의 시간은 나눌 수 없는 각자의 몫이라면, 이 삶은 너무 황량한 게 아닐까. 각자의 감옥에 갇힌 삶의 결말에는 고독과 고립만이 남은 것일까.

"다음에 전화가 걸려오면 꼭 받으세요. 제 선생님이 돌아가시기 전에 제게 전화를 하셨어요. 그 전화를 받지 않은 게 지금도 가끔 생각이 나요. 후회인지는 모르겠어요. 하지만 절대 잊을 수는 없을 거예요. 돌에 새겨진 글자처럼."

"그렇게까지 심각한 문제는 아니에요."

"그렇지 않아 보이던데요."

"제 문제가 뭔지 모르잖아요."

"물론 저는 겪어보지 못한 일이에요."

크리스티안이 이어서 덧붙였다.

"하지만 모른다고 할 수도 없을 것 같네요."(「가을의 곡선」, 125~126쪽)

『힘내는 맛』에는 유독 처음 만나는 사람과의 일화를 담은 소설이 많다. 흥미롭게도 인물들은 처음 만난 상대에게 자신의 상처를 드러낸다. 가령, 「보라색 사과의 마음」의 은영은 자신이 번역하고 있는 책의 저자에게 동생의 사고에 대해 이야기하고, 「보호색」의 '나'와 연하는 인터뷰 일로 처음 만나 서로의 고충을 털어놓게 된다. 심지어 「힘내는 맛」의 승재는 "다시 볼 일 없을 거"(218쪽)란 이유로 절친한 친구에게도 털어놓기 어려운 사적인 고민을 경완에게 마구 쏟아낸다. 위에 인용한 것처럼 「가을의 곡선」의 진송과 크리스티안 또한 처음 만난 사이이지만 꽤 내밀한 대화를 나눈다. 크리스티안이 겪은 스승과의 이별과 진송이 겪고 있는 혜진과의 이별은 전혀 다른 경험이지만, 그럼에도 크리스티안은 괜한 자존심으로 놓친 상대와의 마지막 순간이 내내 상처가 되리라는 것을 알기에 진송에게 진심어린 조언을 한다. '겪어보지 못했지만 모른다고 할수도 없는', 부정어의 중첩으로 만들어진 비좁은 공간에 크리스티안과 진송의 서로 다른 경험이 겹쳐지는 것이다. 바로 이 모호하고 좁은 공간에서 사람들은 처음 만나 서로 대화도 공감도 할 수 있게 된다.

우리가 각자의 수조에 갇혀 하루하루를 견디는 것처럼, 아무리 구차하고 지질한 것이라 해도 각자의 인생은 모두 각자의 것이다. 우리는 타인의 삶을 겪어볼 수는 없지만, 그럼에도 수인囚人으로서 견뎌야 한다는 '본질'을 공유하고 있다. 새로 시작하는 기분으로 또 하루를 맞이하는 것. 그것이 삶의 본질이라면, '견디는 삶'은 동어반복일지 모른다. 견딤이 곧 삶이기 때문이다. 『힘내는 맛』은 이 견딤의 시간 속에서 우리가 서로 만날 수 있는 장소를 과장 없이 거짓 없이 발견해내어 우리를 초대하고 있다. 물론 웰컴 드링크는 준비되어 있다. 너무 가깝지도 멀지도 않게, 슬프지도 외롭지도 않게, 무심한 듯 다정하게, 그렇게 당신은 초대에 응하면 된다.

"가면서 드세요."
"괜찮은데요."
"힘내는 맛이라니까요."(「힘내는 맛」, 219~220쪽)

작가의 말

이 소설집에 수록된 단편들은 2017년부터 2023년 사이에 쓴 것들이다. 글을 쓰는 동안에는 망망대해에 무인도를 하나씩 띄우는 기분이었는데 막상 한데 묶고 보니 개울에 얼기설기 놓아둔 징검다리처럼도 보여서 어떤 시기를 건너왔다는 실감이 조금은 든다.

과학자들에 따르면 생물의 진화는 특정한 목표를 향해 나아가는 과정이 아니라 변하는 환경에 그때그때 적응하는 땜질의 연속이라고 한다. 그런 의미에서 이 책에 실린 단편들은 모두 진화의 산물이다. 작업을 끝낼 때마다 앞으로는 같은 잘못을 저지르지 않겠다고 다짐했지만 그 다짐을 지킨 적은 한 번도 없었다. 매번 다른 문제가 생겨서 같은 잘못이 다시 끼어들 기회 자체가 없었으니까. 그러나 어찌어찌 소설을 마무리하고 처음에 품었던 바람과는 아주 많이 달라진 이야기에 마침표를 찍고 나면 어째서인지 이게 바로 내가 처음에 원했던 글이라는 생각이 들었다. 그러면 마음이 조금 놓이면서 이제부터는 정말로 같은 잘못을 저지르지 말아야겠다고 다짐할 수 있었다.

결국 나는 지금까지도 스스로에 대해 제대로 모르는 셈인데, 그 모름이 계속 소설을 쓰게 하는 원동력인 것 같다. 가격표 앞에서는 돈을 내느냐 마느냐의 선택지밖에 없듯 다 아는 이야기는 굳이 되풀이할 필요가 없기 때문이다. 독자분들에게도 이 단편들이 몰랐던 이야기로 다가갈 수 있다면 기쁘겠다.

2024년 봄
최민우

| 수록 작품 발표 지면 |

우주의 먼지 …… 『문학동네』 2017년 여름호

보라색 사과의 마음 …… 『보라색 사과의 마음』(다산책방, 2020)

변함없는 기분 …… 『문학사상』 2021년 2월호

가을의 곡선 …… 문장 웹진 2017년 12월호

보호색 …… 『창작과비평』 2017년 가을호

요시히로의 자리 …… 문장 웹진 2023년 7월호

힘내는 맛 …… 『에픽』 2023년 1/2/3월호

문학동네 소설집
힘내는 맛
ⓒ 최민우 2024

초판인쇄 2024년 4월 9일
초판발행 2024년 4월 24일

지은이 최민우
책임편집 서유선 | 편집 이희연 김내리
디자인 백주영 이원경 | 저작권 박지영 형소진 최은진 서연주 오서영
마케팅 정민호 서지화 한민아 이민경 안남영 왕지경 정경주 김수인 김혜원 김하연 김예진
브랜딩 함유지 함근아 고보미 박민재 김희숙 박다솔 조다현 정승민 배진성
제작 강신은 김동욱 이순호 | 제작처 한영문화사

펴낸곳 (주)문학동네 | 펴낸이 김소영
출판등록 1993년 10월 22일 제2003-000045호
주소 10881 경기도 파주시 회동길 210
전자우편 editor@munhak.com | 대표전화 031) 955-8888 | 팩스 031) 955-8855
문의전화 031) 955-2696(마케팅) 031) 955-8864(편집)
문학동네카페 http://cafe.naver.com/mhdn
인스타그램 @munhakdongne | 트위터 @munhakdongne
북클럽문학동네 http://bookclubmunhak.com

ISBN 978-89-546-4364-1 03810

＊이 책은 서울특별시, 서울문화재단 '2022년 창작집 발간 지원사업'의 지원을 받아 발간되
  었습니다.
＊이 책의 판권은 지은이와 문학동네에 있습니다. 이 책 내용의 전부 또는 일부를 재사용하
  려면 반드시 양측의 서면 동의를 받아야 합니다.

잘못된 책은 구입하신 서점에서 교환해드립니다.
기타 교환 문의 031) 955-2661, 3580

www.munhak.com